在文学中成长·中国当代教育文学精选

高长梅 王培静 ◎ 主编

请把你的微笑留下

邵火焰 著

花山文艺出版社

图书在版编目(CIP)数据

请把你的微笑留下 / 邵火焰著.—石家庄: 花山文艺出版社,2013.8(2021.5 重印)

(读·品·悟:在文学中成长·中国当代教育文学精选 / 高长梅, 王培静主编)

ISBN 978-7-5511-1392-2

Ⅰ.①请⋯　Ⅱ.①邵⋯　Ⅲ.①小小说 – 小说集 – 中国 – 当代　Ⅳ.①I247.8

中国版本图书馆 CIP 数据核字(2013)第 186075 号

丛 书 名:在文学中成长·中国当代教育文学精选
主　 编:高长梅　　王培静
书　 名:**请把你的微笑留下**
作　 者:邵火焰

策　 划:张采鑫
责任编辑:卢水淹
责任校对:齐　欣
特约编辑:李文生
全案设计:北京九洲鼎图书有限公司
出版发行:花山文艺出版社(邮政编码:050061)
　　　　　(河北省石家庄市友谊北大街 330 号)
销售热线:0311-88643221
传　 真:0311-88643234
印　 刷:永清县晔盛亚胶印有限公司
经　 销:新华书店
开　 本:710×1000　1/16
字　 数:170 千字
印　 张:11.5
版　 次:2013 年 9 月第 1 版
　　　　　2021 年 5 月第 2 次印刷
书　 号:ISBN 978-7-5511-1392-2
定　 价:39.80 元

CONTENTS | 目 录

Chapter 1
第一辑 阳光遍地

CONTENTS | 目录

Chapter 4
第四辑 陌上花开

Chapter 5

第五辑 对号入座

Chapter 6

第六辑 快乐驿站

CONTENTS | 目录

Chapter 7

第七辑 生命的阳光

第一辑 / **阳光遍地**

再 等 等

爹和发叔进了一趟城后，回来就都有了一个梦想：今生也要像城里人那样住上楼房。

爹望着我家和发叔家的红砖瓦房，先是摇头后是点头；发叔望着他家和我家的红砖瓦房，先是点头后是摇头。我不知道他们这摇头点头，点头摇头是什么意思，我猜测他们的意思是：实现这心愿不容易啊……总有一天会实现的。后来我问了爹和发叔，果然让我猜中了，他们就是这个意思。

我家和发叔家的房子亲密相连，共用一个山墙。爹和发叔的关系也亲密得很，打小就是玩得很好的朋友，有空时不是爹到发叔家串个门，就是发叔到我家坐会儿，聊聊天。有了那个共同的"梦想"后，他俩聊得最多的话题就是房子，准确地说就是楼房。

房子是农村人一生的大事。很多人家吃差点穿破点，就是为了攒钱盖房子。我家和发叔家的红砖瓦房就倾注了我爹和发叔几年的心血和汗水。以前，我们两家住的都是土砖瓦房，晴天还无所谓，一到了连绵的阴雨天，就人心惶惶，那土砖的墙脚浸湿了半截，很让人担心会因承受不了上面的重量而坍塌。爹和发叔一天到晚也是提心吊胆的。那天，爹和发叔一商量，拼了老命也要把土砖换成红砖。

仅靠在家种那几亩薄田的收入，猴年马月也盖不起新房，爹和发叔去了镇上的一家蜂窝煤厂打工，做没人愿意做的事：筛煤粉。那是蜂窝煤厂最脏最累的活儿。场地上支起一个用铁丝网做的乒乓球台般大小的筛子，爹和发叔就把煤k块用铁锹绰起，一锹一锹地向筛子洒去，煤粉透过网眼在下，煤石就过滤在上面。

我去看了一回就不敢再去了。那扬起的粉尘，一会儿就把人变得全身通黑，爹和发叔说话的时候，只看得见一张一合的嘴里的牙齿，连那拧出的鼻涕也全是黑色。爹每天回家不洗两脚盆水是干净不了的。

爹和发叔在蜂窝煤厂干了两年后，终于盖起了红砖瓦房。搬进新屋的那天，爹和发叔叉着腰站在门前，像海战前将军在检阅自己的战舰，脸上的皱纹里盛满了笑意。爹叫我娘整了几个菜，发叔拿来的酒，他俩在我家从中午12点，喝到下午3点，屋里不时传出爹或发叔，或爹和发叔开心的笑声，新房落成前的所有辛劳被他们抛到了九霄云外。

爹和发叔开开心心过了几年后，红砖瓦房渐渐地不吃香了，农村里有钱的人家开始盖楼房了。爹和发叔开始动心了。那次爹和发叔进城买化肥，晚上来不及赶回，就住进了一家小旅馆，爹和发叔站在二楼的阳台上，望着街道上的行人和汽车，他俩有了一种莫名的兴奋，竟然同时迸发出了那个"梦想"。后来村里有户有钱的人家，率先做起了一栋二层小洋楼，爹带着我并邀上发叔一起到那户人家去参观，站在楼顶，看着远处田野里金黄的油菜花，爹和发叔的眼睛有些迷离，爹说，今生如果能住上这样的楼房，死了也值啊。发叔附和道，也值也值。

爹和发叔的话让我的心里也成长起了一个梦想：一定要让爹今生住上楼房。后来这个梦想化成了我在外打工的动力，我要让梦想成真。

5年后，当我把一张卡交到爹手上时说，爹，我们马上拆除旧房，盖一栋新楼房吧。我看见爹眼睛一亮，但爹没有马上回答我，他默默地吸了几口烟后，神情变得忧郁起来，爹说，再等等吧。

我问爹，你不是早就盼望着住楼房吗？还等什么呢，早一天建成，早一天享受啊。爹仍在低头吸烟，扔掉烟头后爹还是那句话，等等，再等等吧。

发叔有空仍是来找爹聊天。那天爹问发叔，女儿很好吧？发叔有个女儿已经出嫁好几年了，发叔说，很好很好。他们随后聊了一些别的事，我奇怪的是，他们竟没聊楼房，难道他们放弃了心中那个梦想？

日子像门前的风无声无息地流逝。天有不测风云，有一天爹突然病倒了，到医院一检查，肺癌晚期。爹临死前，我跪在他的床边，边哭边说，爹，儿子不孝，没让您今生住上楼房。

爹说，儿子，不怪你，是我不让你做的。我突然想弄明白爹不做楼房的原因，爹说，我家做了，你发叔怎么办啊？那会让他心里难受的。儿啊，做人不能只想自己，还要考虑别人的感受……

三天后，爹带着他的梦想永远离开了这个世界。爹出殡的那天，发叔陪着我流了一天的眼泪。晚上发叔还过来陪我安慰我。我和发叔说起了爹的那个愿望，我说，发叔，我爹这生没住上楼房，您可得要住上啊，没钱我借给您。

发叔说，其实啊做楼房的钱，我早就有，我女儿女婿去年就给我了，但看到你家没动静，就想等等，我怕我家做了你家没做，你爹心里难受。

我没再说什么，上前紧紧地拥抱着发叔。再看看爹，爹在相框里望着我在笑……

请把你的微笑留下

刚刚在各考场巡视了一圈回来，还没落座椅，办公桌上的电话就响了。是门卫童师傅打来的，他说，有人有急事要找我。

今天是一学期一度的期末考试，在昨天的考务会上，按照教育局关于加强校园安全管理的文件精神，我作出了一个临时规定：考试期间，非本校人员一律不得进入校园，极特殊情况必须报请校长批准，方能准入。

"问问他，有什么急事。"我想弄明白事情原委再作定夺。

很快童师傅回话了："报告校长，他说这事十分紧急，要找你面谈。"

我想了想还是答应了："那就让他到我办公室来吧。"

这是一个四十多岁的男人，他一进门就自我介绍叫王水山。接着还没等我问什么，他就急急地说开了："校长，我有一个请求，我知道可能有点过分：能不能马上带一个班的学生到我家去一趟。"

我愣了片刻，这个请求还真有点过分。以前我们也带过学生外出，但那都是按上级要求，要么让学生手持鲜花，上街夹道欢迎某个领导；要么让学生带着铁锹，到山上植树造林。应一个普通农民的要求，调动学生外出，还真没有这样的先例。虽说调动一个班的学生完成点力所能及的任务，这点权力我还是有的，但总得先问清楚去做什么吧。我倒了一杯水给他后说："别急，慢慢说，为什么要一个班的学生去你家，是让学生去你家劳动吗？抱歉，学生是不能当劳动力使唤的。"

他喝了一口水后，说："你误会了。我父亲患有癌症，现在生命已到了倒计时阶段，他没有别的愿望，只想在孩子们的歌声中、读书声中，静静地离开。"

我惊奇地问："你父亲叫什么名字？"

"我父亲叫王金权。他是一名退休教师，他一生爱的是学生。"

"王金权……这名字好熟悉啊！"我记忆的闸门突然打开了，这不是20年前，我县树立的"爱岗敬业"典型吗？那时王老师还是一名山村小学的民办教师，我那时还是学生，我记得我们学校曾多次请王老师作过报告。

王水山见我没出声，以为我不同意，他抹了一把头上的汗水，喘了一口气后说："我刚才听门卫师傅说，学生们正在考试，现在我只请校长帮个忙，耽误一个班学生几分钟，就到操场上让他们唱几句歌曲，朗读几句课文，把这些用录音机录下来，我带回去让我父亲听一听，就行了。"

我被这位可亲可敬的老教师、老模范的精神深深地打动了。我果断地作出了决定，抽出一个班的学生，让他们改天再考。不能让老前辈死不瞑目啊。

王水山紧紧握住我的手不停地抖动，嘴里连连地说着感谢的话。一阵内疚感突然涌上了我的心头，除了重阳节给有手机的退休教师，群发一则千篇一律的慰问短信外，我们竟很少上门去看望。我惭愧地说："是我们不对啊，忘记了这样一位热爱教育、热爱学生的老前辈！"

10分钟后，我亲自带一个班的学生坐校车，向那个名叫黄龙崖的小山村进发。路上我问王水山："你父亲是老模范，退休后应该有人经常去看他吧！"

王水山伤感地说："哪里啊，开始两年还不时有领导、有学生去看看，后来新的典型，新的模范人物不断涌现，就再也没人来看他了。"他望了我一眼，又把眼光投向了窗外广袤的田野说，"我父亲一生喜欢学生，去年我家旁边还有一所小学，那是他的精神寄托，每天他都要去学校转转，他说，一生听惯了孩子们的吵闹，每天不听听还真睡不着呢。今年那所小学撤除合并到你们这所学校来了。我父亲说，他就一个愿望，死的时候希望听到孩子们的歌声、读书声。我父亲最喜欢听的一首歌是《歌声与微笑》。"

我的眼眶润湿了。一路上我们没再说话。

到了王水山家。他家围满了乡亲，村支书握着我的手说："你们终于来了，王老师已经不行了……"

屋里的乡亲们都让了出去，我和学生们围在了王老师的床前，王老师已经到了弥留之际，嘴张着似乎想说什么，眼睁着似乎想看到什么。我喊道："王老师，我们来看你来了。"王老师的头动了动。

"同学们，我们一起唱首歌吧！"我起了一个头："请把我的歌带回你的家，请把你的微笑留下……"孩子们动情地唱了起来；孩子们又一起背诵课文：故人西辞黄鹤楼，烟花三月下扬州……

王老师的脸上有了笑容。王老师的眼睛慢慢闭上了……

我和孩子们泪流满面。屋外哭声一片。

爱 无 价

男人捏了捏夹袄左胸前的口袋，然后又看了一眼那件粉红色的羽绒服领口上的标价牌，终于下定了决心：买下。

收银台前，男人在口袋里摸索了半天，才摸出了一个纸包，打开纸包，是一沓钱。男人一张一张地捻着，捻出了12张，然后又抖抖索索地数了一遍，这才双手递到了收银员手上。收银员利索地开好了发票，交给了男人。男人将发票夹在剩下的钱中，重新包好揣进了口袋，还用手按了按，这才从营业员手里接过装有衣服的袋子。袋子上一个漂亮的女人正在对他微笑，那女人穿着的正是他刚买的这种颜色和款式的羽绒服。男人脑海里马上叠印出家中女人的身影。男人想，女人穿上这衣服也一定很漂亮。

想起女人，男人心里就有愧。女人自从嫁给他后，没穿过一件像样的衣服，都是在乡下小镇的地摊上买的便宜货。男人曾说，等我有钱了，一定给你买一件漂亮的衣服。

男人是在家里的稻谷收割完后，进城打工的。4个月一晃而过，到了年尾该回家的时候。当男人拿到那用汗水换来的4000元工钱时，第一个想法就是给家中的女人买一件上档次的衣服。现在，这件衣服就提在了他的手中。男人怀着愉快的心情登上了回家的火车。

一路上，男人在想象着女人看到这件衣服时，该会是怎样的激动和兴奋？女人是个勤俭持家的好女人，从来不乱花一分钱……男人想到这里心里甜滋滋的。突然，男人想到了一个问题：自己买这么贵的衣服，女人会不会说自己乱花钱呢？

男人知道女人的秉性，她一定会数落他的，甚至说不定还会要他去把衣服退掉呢。男人随着火车的震动在一下一下地拍着脑门。男人闭着眼睛想了一会儿，就有了主意。回家时就对女人说，这件衣服800元。但马上男人又否定了这一价格。男人想，800元，女人也接受不了。说多少呢？男人在挠着头发。对了，就说400元，这个价位女人也许能勉强接受，好，就这样定了，就说400元。

男人回到了家时，女人还在喂猪。女人在围裙上擦了擦手，问了句，他爹你回了，就上前接过男人肩上的行李。女人放下行李后说，吃饭了吗？我给你弄去。

男人想让女人早点高兴高兴，他上前解开行李说，玲儿她妈，你看我给你买什么了？

望着男人手里漂亮的羽绒服，女人眼睛发亮，女人喜欢的就是粉红色。女人的声音里有颤音，这……这……很贵吧，得多少钱？

男人轻描淡写地说，不贵，刚好遇到商场打折，原价800元，我400元就买到了。来试试，看合不合身。

女人听话地解开围裙脱下旧袄，穿上了羽绒服。男人盯着女人不眨眼，啧啧，我老婆一点不比城里的女人差。

女人照男人胸膛捶了一拳，男人就势把女人抱在了怀里。女人红着脸小声说，别……别……

女人从男人怀里挣脱出来，平静地脱下了羽绒服，折叠好又装进了袋中。男人说，折起来干什么，你明天就穿上吧。

女人没说什么，又围起了围裙喂鸡去了。

第二天，男人一大早到学校看女儿去了。半上午回来时见女人不在家。男人在房里转了一圈，没见那件羽绒服，男人寻思着，女人肯定是穿着新衣串门去了。

中午的时候，女人回来了。男人看见女人穿着的还是那件旧袄。男人说，我还以为你是在村里串门去了呢，那件羽绒服呢？

女人这时很神秘地说，先别闯衣服了，待会告诉你。你先闭上眼睛，看我给你买什么了？

男人顺从地闭上了眼睛。

看，这是什么？女人的声音里透着抑制不住的兴奋。

男人睁开眼一看，女人手里拿着的是一部崭新的手机。

男人的眼睛亮了，他早就想要一部手机，村里的好多人都有，但他一直舍不得买。

男人接过手机说，你把我带回的钱花了？那可是留着玲儿上学用的啊。

女人一笑说，我没动那钱，我把你买给我的羽绒服卖了。

男人一听，一下扑上前去抓住了女人的肩膀，急切地问，你多少钱卖的？

女人得意地笑出了声，说，嘿嘿……500元，我还给你赚了100元呢！

你……这……这……男人一下蹲在地上，就势一拳捶在自己的腿上。男人薅着头发，半天没出声。

玲儿她爹，你怎么了？女人莫名其妙地看着男人，你不喜欢这手机吗，你不是早就想要一部手机吗？

男人站起来什么也没说，上前紧紧地抱住了女人……

背父亲过河

出我们村到镇上必经一条河。河水并不深，大人淌过去河水刚好到大腿，但小孩子单独过河就有点危险了。

那时我们村没有小学，我们上学都是到镇小学，这条河也就成了我们路途的障碍。有钱的人家坐小船来去，我家里穷，上学放学都是由父亲背我过河。

那情形我至今还历历在目。父亲牵着我的手，到了河边，父亲脱掉鞋子（父亲不习惯穿袜子），扎在腰间，打着赤脚来回走几步，停下后抚摸一下我的头后，成马步蹲下。这时我后退几步，再向前一跑，跃上了父亲宽厚的脊背，双手搂住父亲的脖子，父亲用双手托着我的屁股，站起来，说一声，走呢，就下水了。

走到河中间父亲总爱问我："你爱不爱爸爸？""爱。"我总会响亮地回答。

记得有次到了河中间，父亲又问起了这句话，我突然想和父亲开个玩笑，我半天才说："不爱。"父亲用手揪了一下我的屁股说："不爱是吧？那晚上放学我不来接你，你自己过河。"然后父亲像真生了气似的不再理我。

晚上放学时，我以为父亲真不来接我，我做好了自己蹚水过河的准备。可是，到河边时，父亲早已蹲在河边的一块石头上抽烟，见到我后笑眯眯地牵着我的手，然后蹲下，我欢快地跃上了父亲的背。

小学六年，无论春夏秋冬，父亲风雨无阻地背我过河。上初中时我自己可以过河了，父亲还要背，我没同意。看到我一个人轻轻松松地蹚水过河了，父亲望着我，叹了一口气说："哎，再也用不着老子了！"那神情分明很失落。

后来，我一路顺风地读到了大学，在城里找了工作安了家。我只顾忙自己的去了，很少回家看父母。电话里听母亲说，父亲时常念叨我，想看看我。

国庆节单位放了几天假，我打电话回家告诉母亲："我决定回家看看您和爸爸。"

在镇汽车站，一走下汽车，我竟然看到父亲的身影，父亲比以前老多了，背也比以前弯了。"爸，你怎么不在家里等我啊？"父亲说："我……我……想早点看到你。"

我感觉眼眶湿润了。我搀着父亲走向回家的路，来到了河边，父亲向上游走去，父亲说："走大路吧。大路早已修了桥。"

"爸爸，还是走小路吧。"

父亲说："走小路要蹚水过河啊。"

我说："爸爸，我背你过河啊！"

父亲听从了我的安排，答应走小路。那是我梦中曾无数次浮现的小路。到了河边，我脱掉鞋袜，像父亲早年那样蹲好马步，父亲趴在了我的背上，我高喊了一声："过河啰。"

背上父亲我感觉很轻很轻，当脑海中幻化出父亲当年背我的情形时，我突然又觉得很沉重很沉重。走到河中，我说："爸爸，你把我小时候你背我过河时爱问的一句话，再问一遍好吗？"

父亲马上做出了反应："你爱不爱爸爸？"

"爱！"我很响亮地回答。

我分明感觉到有滴冰冷的东西流到了我的颈里。

那是父亲的泪。

知　　音

得知著名小提琴演奏家阿郎先生要来古城乌林开个人演奏会的消息，邵进伟兴奋得几个晚上都没睡好。

在报纸、电视等媒体的极力渲染下，拥有两千多个座位的乌林体育馆的门票，不到两天的时间就预售一空。很多没有买到门票的人徘徊在售票窗前，久久不愿离去。500元一张的门票被黄牛党炒到了1000元。谁不想亲眼一睹阿郎这位时下最当红的小提琴演奏家的风采呢。以前只是在电视上，在春晚上看过，现在能身临其境地与世界级音乐名人近距离接触，并且亲耳聆听他的演奏，不说是千年等一回至少是好多年才能有一回的幸事吧。很多望子成龙的家长，都愿出高额学费送孩子到阿郎门下学习，可是阿郎轻易不收学生，现在这样的机会来了，无论多高的票价也要带孩子来听听这场盛况空前的演奏。

邵进伟从小就喜欢小提琴，也是阿郎最铁杆的粉丝，他做梦也想拜阿郎为师，但邵进伟知道，这种想法仅仅只是一种幻想而已，即使阿郎收徒，邵进伟家也出不起那高昂的学费。走进邵进伟的房间，就如同走进了阿郎的世界，墙壁上到处张贴的是阿郎的画报和照片。邵进伟说，他每天要是不听一听阿郎的演奏就会睡不着。这次听说阿郎要来了，邵进伟把春节时偷偷攒下的500元压岁钱拿出来，起了一个大早去排队买到了一张票。可是晚上换衣服没有拿出来，妈妈以为他那放在床头柜上的衣服是要洗的，就拿去放到了洗衣机里洗了。等到邵进伟发现时，那张门票早已揉搓得看不出本来面目了。邵进伟偷偷地哭了。邵进伟知道他不可能再有钱去黄牛党手里买那高价票了。

演奏会那天，邵进伟还是去了。邵进伟想，虽说不能亲耳听到阿郎的演奏。但在体育馆外感知一下氛围也是好的。

邵进伟赶到时，体育馆外的广场上围了很多人，中间的升旗台上站着一个黑衣男人，黑衣男人正拿着麦克风在高声发话："朋友们，晚上好！我是阿郎的模仿秀，今天我要模仿阿郎给大家演奏几首他的拿手乐曲……"

邵进伟一看那人满脸的络腮胡须，那身材脸型还真有点像阿郎。邵进伟听见身边的好多人说："现在这样的模仿秀太多了，谁走红就会有人模仿谁，没什么好看的……"

邵进伟可不这样想，邵进伟有点爱屋及乌，爱阿郎也爱阿郎的模仿秀。

黑衣男人开始了他的演奏。连续拉了几首阿郎最拿手的乐曲。邵进伟听着听着，就瞪大眼睛了，邵进伟听着听着就如醉如痴了，邵进伟听着听着就控制不住自己了。邵进伟冲上台愣愣地站在黑衣男子面前，激动地说："你……你……就是阿郎！"

台下看热闹的人笑了，都说这小男孩太天真幼稚了。阿郎那么大牌的小提琴家，怎么会在体育馆外乞讨似的演奏呢。这时，黑衣男人问台下的人说："你们说说，我是阿郎吗？"

台下好多人起哄说："别丢人现眼了，你怎么会是阿郎呢，是阿狼还差不多！""你就别浪费时间了，你演奏了也是白白地演奏，我们是不会丢钱给你的。"……

邵进伟却倔强地说："不，他就是阿郎！"

围观的人又是一阵哄堂大笑。笑过之后，有票的开始入场了，没票的陆陆续续走开，没人愿把时间花在这不伦不类的"盗版"上。

邵进伟却转身扯着黑衣男人的衣角说："阿郎叔叔，你就再为我们拉一曲吧！"

黑衣男人说："小弟弟，抱歉啊，我不是阿郎，我只是他的模仿秀，你要听阿郎的演奏，我刚好有一张门票，我就送给你吧！"

邵进伟不接那票，而是依然固执地说："你就是阿郎！我要拜你为师！"

黑衣男人上前牵着邵进伟的手说："走，小弟弟，我送你进场去看阿郎。"

邵进伟没想到，黑衣男人给他的票是全场最好的位置：第一排正中间。

一会儿演奏会开始了，主持人用充满煽情的语调说："有请著名小提琴演奏家阿郎先生闪亮登场！"

阿郎上场了。阿郎一身洁白，白衣白裤，光洁的面庞充满了迷人的魅力。全场掌声雷动，伴随着口哨声欢呼声，巨大的声浪几乎要将演播大厅掀翻。

阿郎演奏了一首又一首，现场的观众情绪激昂，毫不吝啬地把热情的掌声送上。

在演奏会到了最后一个节目时，主持人兴奋地说："观众朋友们，马上我们将见证一个特别的惊喜和意外，请大家瞪大眼睛看好，他是谁？"

大幕拉开，白衣白裤的阿郎不见了，走上场的是一位满脸络腮胡须的黑衣男人。大家定眼一看，这不就是刚才在体育馆广场的升旗台上演奏阿郎模仿秀的那个人吗？

哇……现场轰动了，观众情绪激昂地连续高呼："阿郎……阿郎……"

黑衣男人90度鞠了一躬说："谢谢大家，终于承认我是阿郎了。下面我将请上一位小弟弟和我同台演奏这最后一曲。"阿郎走下舞台，径直来到邵进伟面前，牵起邵进伟的手。

邵进伟惊喜地说："阿郎叔叔，我说是你就是你吧，你贴上胡须还更帅些。"

阿郎牵着邵进伟来到了舞台中央，工作人员拿上来一把小提琴给邵进伟，阿郎和邵进伟一起演奏了一首他的成名曲《知音》。演奏完毕，阿郎宣布：收邵进伟为徒。台下的家长瞪大了眼睛，都说这孩子的运气真好。

第二天，《乌林日报》揭晓了谜底：这一切都是阿郎精心设计策划的，他要通过这个巡回演出的特别方式，免费招收一批真正的知音为弟子。

诚 信 墙

乡下二叔家新建的楼房，坐落在106国道的旁边，楼房的山墙正好面对公路，南来北往的车辆上的乘客，老远就能看见他家的山墙。

这天二叔家来了一个戴眼镜的中年人，自称是武汉一家专科医院的工作人员，说想利用二叔家的山墙做个广告，并承诺付给100元作为墙体占用的费用。

二叔想，这可是好事啊，一来美化了山墙，二来刷上油漆后还对墙体起到了保护作用，三来还有100元报酬。二叔答应了。戴眼镜的人离开时说："我们医院的广告，如果你们能保存三年，我们到时会有惊喜送给你们。能做到吗？"

二叔答应了。

一个月后又有人来找二叔，是某品牌饮料公司的人，他们想在二叔家山墙上做本公司的饮料广告，二叔说："对不起，我家山墙上已经有广告了。"

饮料公司的人说："有广告不要紧，我们可以覆盖它。如果您同意，我们付给您墙体占用费200元。"

二叔想起了前不久对那家医院的承诺，说："我们既然答应了人家保存三年，就应该说话算数。"二叔断然回绝了饮料公司的人的要求。二婶知道后，骂二叔是个傻子。

也许二叔家的山墙真是个风水宝地，随后隔不了几个月就有某某移动公司,某某通信公司,某某化妆品公司,某某品牌食用油,某某品牌家具,某某品牌油烟机,某某品牌蚊香等十几家单位的工作人员找上门来,想利用山墙来做广告。二叔无一例外地拒绝了。

三年的时光一晃而过。一天,三年前那个戴眼镜的人,面带微笑地看着二叔家山墙上的广告,尽管那广告早已褪去了原来鲜艳的颜色,但那上面的字还是看得清清楚楚。戴眼镜的人问二叔:"请问老伯,在其他人家允许下一家覆盖上一家的广告的时候,三年来您为什么没见钱动心,换掉我们的广告呢?"

二叔说:"我没什么文化,也说不出什么好听的话,我只知道一点,做人要说话算数。"

戴眼镜的人紧紧握住二叔的手说:"感谢您的诚信!感谢您的信守诺言!三年前,我们在您县公路沿线的农户家的山墙上共做了38个广告,只有您家帮我们保存了三年,为了答谢您的诚信,我们特奖励您1万元,并且与您签订5年的合同,每年付给您山墙广告占用费2000元。"

阳　　光

女儿读小学四年级,别看她年龄小,却是一个很善于思考问题的孩子。

一天,女儿放学回家,对我说:"爸爸,你总教我要听老师的话,但今天我们两个老师上课说的话,我不知道该听谁的。"

"你们老师都说了些什么?"我拥过女儿让她坐在我身边。

女儿讲了她的困惑。原来,今天思想品德课和安全教育课的两位老师,对同一问题,教育学生的做法却决然相反。

思想品德课的老师说:做人要有爱心,当你看到别人有困难时要尽所能地给予帮助。

安全教育课的老师说：现在社会上人心难测，千万不要轻易地施舍你的爱心，否则就会上当受骗。

巧的是，这两位老师都举了同样的例子：比如，当你在街上看到有人说他的钱包被偷，没钱回家向你求助时，你怎么办？

思想品德课的老师说：不要把每个人都想象成骗子，他也许真的遇到了困难，这时我们应该拿出你的爱心，给人以帮助，赠人玫瑰手留余香……

安全教育课的老师说：不要随便地相信别人的话，不要被他人编织的谎言打动，这时我们应该提高警惕，宁可信其假，不要信其真……

女儿讲完，又问了一句："爸爸，我该听谁的呢？这个世界上到底是好人多还是坏人多？"

我心里一怔，半天不知道怎样回答女儿。马上，我突然担忧起来，女儿小小的年纪，竟然开始质疑这个世界，开始有一种信任危机，这对女儿的健康成长极为不利。

不回答女儿的问题肯定也是不行的，我思索了一下，觉得还是让她自己去得出结论好些。于是我对女儿说："爸爸明天带你上街，还是让事实来回答你的问题吧。"

第二天，我带女儿到街上转悠，看能否撞见一个需要帮助的人。转到一家小吃店门前，看到小吃店老板揪住一位黑瘦的大叔，说他吃霸王餐。大叔争辩说，他今天进城有事，没想到吃完饭付款时发现钱包被偷，现在连回家的路费也没有了。

我说："女儿，这位大叔需要帮助，我们能帮吗？"

女儿眨巴眨巴着眼睛，先看着这位黑瘦的大叔，然后又转向我说："我看这位大叔不像是骗人的，我们帮他一下吧。"

"你自己做主吧。"我鼓励女儿。

女儿像个小大人似的走上前去说："大叔，你欠他多少钱？"

"不多……就点了两个菜……38元。"大叔低着头说。

　　我递了40元钱给女儿，女儿把钱递到老板手上说："他欠的钱我们帮他垫上。"

　　然后，女儿很有礼貌地转向大叔说："大叔，你回家的路费要多少钱？"

　　大叔说："也不多，坐火车150元。"

　　我又掏出150元递到了女儿手上，女儿把钱塞到了大叔手上。大叔接过钱说："谢谢你孩子，请留下你的地址，我回武汉后马上就邮寄给你们。"

　　我马上写下了地址和女儿的姓名。黑瘦大叔千恩万谢地去了。这时小吃店老板说："你们上当了，我知道，这家伙是个骗子。"

　　女儿摇摇头，表示不相信。

　　一个星期后，没见汇款来，20天后没见汇款来，一个月后没见汇款来。女儿问我："爸爸，我们遇到的真的是骗子吗？看来还是我们安全教育课老师说的话是对的啊……"

　　我说："还等等吧，说不定人家又遇到了什么困难呢。"

　　再等了一个星期后，终于收到了一张从武汉寄来的200元的汇款。女儿笑了，说："爸爸，看来这个世界还是好人多啊，以后我要多多帮助别人！"

　　我对女儿竖起了大拇指说："对啊，做人要有爱心，当你看到别人有困难时要尽所能地给予帮助。"

　　其实，说这话时我心里很不是滋味。因为那200元汇款是我打电话让武汉的同学汇来的。我不想让孩子小小的年纪就失去了对人的信任，我要让女儿心里充满阳光。

失　踪

　　星期五晚上，儿子没有回家。打电话给班主任，班主任说，把几个好的学生留下双休日补习一下。随即，班主任在电话里数落起儿子来了："你家小宝成绩很好，但近段时间经常迟到，找他谈话他也没说出个所以然来，你要配合我们好好管教管教他。"

　　星期一我去了学校。班主任的话却令我脑袋一嗡："小宝星期六没参加补习，他请假说病了，要回家休息两天。现在还没到校呢。"

　　我迅速赶回家中告诉了妻子，并和妻子分头寻找，把平时儿子爱去的几个同学家和他爱玩的几个地方找遍了，也没见儿子的身影。妻子嘤嘤地一路哭到家中。我吼道："哭什么哭，去，把电话本拿来，问问几个亲戚家，看儿子去了没有。"

　　他们的回答如出一辙："没见小宝来家。"

　　妻子号啕大哭："儿子肯定是失踪了，赶快报警啊……"

　　我拨通了110。

　　一上午过去了，没有儿子的任何消息。中午警察打来电话说，在城南的护城河边发现了一具少年的尸体，让我们赶快过去看看。妻子一听当场晕倒，是我又掐人中又喂开水才弄醒的。我和妻子跌跌撞撞，一路哭着赶了过去。经过仔细辨认，不是我儿子，悬着的心才稍稍放下了一些。晚上警察来家让我提供所有的亲戚朋友的地址和联系电话。我说："亲戚朋友家我都打电话问了一遍，没有结果。"

　　警察问："你再仔细想想有没有遗漏的。"

妻子想了半天说："只有乡下的老家没问。"

老家离此地一百多公里，父亲去世得早，母亲坚决不愿离开故土来城里和我们居住，她独自一人生活在乡下。我和妻子平时忙于各自的工作，除了春节带小宝回去看看外，很少回家。我想，儿子才13岁，他是不可能一个人奔波一百多公里回老家的。

警察问："你母亲那里安了电话吗？"我摇摇头。

警察说："报上你老家的详细地址，我们马上联系当地派出所，看孩子回去了没有。"

半个多小时后警察的手机响了，警察兴奋地说："找到了，找到了，你儿子就在他奶奶家。"

我和妻子连夜租车赶往乡下的老家。

夜深人静。敲门。开门的竟是儿子，儿子把食指竖在嘴边，小声说："轻点，奶奶刚睡着。"妻子拍着胸脯小声说："谢天谢地……谢天谢地……"但马上一把搂过儿子，声音不由自主地大了起来，"吓死妈妈了……吓死妈妈了……"

这时母亲醒了，看到了我们连忙要坐起来，我按住了母亲。母亲肩膀抖动，啜泣起来。我握着母亲的手，母亲才止住了声音光抹泪。

"只怪我啊，连累了你们。"母亲喘息了一会儿，"前天，小宝给我送来了一台电扇，我要他第二天就回去，可是早上起来我摔倒了。这孩子说不走了，要照顾我……"

我拉过儿子："小宝，你哪兑的钱给奶奶买电扇啊？"

儿子说："我在街上捡饮料瓶换来的钱，再加上我从伙食费中节省一点儿，买了这台电扇……爸爸，对不起，为了多捡几个瓶子，我总是迟到。你打我吧……"

"爸爸怎么会打你呢？"我抚摸着儿子的头说，"儿子，你怎么想到给奶奶送电扇呀？"

儿子说："学校开展感恩教育活动，我就想到了奶奶，去年回来时听奶奶说电扇坏了。天这么热，我家和我们教室都安了空调，可奶奶……"

妻子说："小宝啊，你走之前怎么不跟我们说一声呢，我们全家一起来看奶奶啊。"

儿子说："对不起，爸妈，我看到你们太忙了。"

儿子的话让我脸上发烧，我默默无语，我突然觉得失踪的不是儿子，失踪的是我啊……

看着眼前白发苍苍的母亲，我在抹头上的汗水。

这时母亲拧开了电扇开关，叫着我的小名说："焰儿，来，扇扇，别热着，我不怪你们，你们在城里过日子也不容易啊……"

泪水模糊了我的双眼，我就那样坐在母亲身边，任由那台电扇吹出的凉爽的风抚摸着我。

回　家

离回家的日子越来越近了，这几天工友们闲聊的主题就是回家。用阿牛的话说，这叫做三月的荠菜起了心。阿牛和村里一群男人来这座美丽的城市打工已经快一年了，中途都没回过家，和家中的联系方式靠的就是电话。

阿牛在离家之前，在旧货市场买了一部二手手机，一个月和老婆通一次电话，往往总是在和老婆话没说完时，儿子就迫不及待地插话进来了。儿子今年5岁，上幼儿园大班，很聪明，儿子会在电话里说："爸爸，你什么时候回家啊？我想你。"儿子还会在电话里问："爸爸，你在外边做什么事？累不累？"

儿子那稚嫩的童音在阿牛听来，是世界上最美丽的语言。每当儿子问起阿牛的工作时，他是这样向儿子描述的："儿子啊，爸爸在外面做的事很轻松，一点都不累，每天坐在办公室，看看报纸，喝喝茶水，玩玩电脑，月底就能领到工资。

你在家要听妈妈的话,在幼儿园要听老师的话,好好学习。"

儿子会很懂事地答应着:"爸爸,放心吧,我知道的,我长大了也要像你一样去城里工作。"

其实,阿牛所描述的是老板每天工作的情形。那天老婆打电话来说,家里没钱买化肥,让他寄点钱回去,他手头没钱,就到老板办公室,找老板预支点工钱,看到老板在办公室就是这个样子。

阿牛每天所做的事是拖水泥,用一辆板车,将存放在工地旁边一间简易仓库里的水泥,运到搅拌机前,这活儿很辛苦,每袋水泥100斤,都要他从仓库里扛出来放在板车上码好,拖到搅拌机前又要一袋袋卸到地上。阿牛成天是一身汗水、混合着水泥粉尘,脸上是汗水流下冲刷的痕迹,鼻孔里都是灰,拧下的鼻涕都是灰色的。但阿牛一点也不闲脏累,每天都以饱满的热情投入到这活儿中。当初,老板分派他做这事时说过,工钱很高的,每月3000元。阿牛在心里算了一笔账,一年下来,除去伙食费,可以有近3万元的收入,干几年后到儿子上学时就不差钱了。

阿牛和工友们扳着指头计算着回家的日子。终于等到了工程一年的煞尾,到了老板结账发钱的日子,可是老板却说甲方还没有把资金全部打到他的账上,只能每人先预支一部分工钱,余下的等第二年开工后,再全部结清。阿牛他们心里明白,这是老板留了一手,怕他们不再来了,担心开年后出现"用工荒"。

阿牛领到了一万元。

当天上午领到工钱后,村里人就邀阿牛一起乘上午11点的长途汽车回家,可是阿牛却说:"我今天不走,明天上午再回家。"村里人就笑他说:"阿牛,你是不是有了钱要在玩一圈儿啊?"阿牛只是嘿嘿地一笑,任由大家去胡乱猜测。

村里人在下午都到家了。阿牛怕老婆担心,和老婆通了电话。

下午,阿牛先到美容美发店剃了头,刮干净了那蓬乱的胡子,然后到服装超市,买了一套银灰色的西服、一件白衬衣和一条领带,再到书摊上买了几本小人书,到超市买了儿子爱吃的几样小食品。晚上,阿牛痛痛快快地到工地旁边的一个澡堂里洗了一个澡。

第二天，阿牛换上新装，焕然一新地踏上了回家的旅程。

一路上阿牛盘算着，尽管昨天花了一千多元，但阿牛认为：值。

阿牛到了镇上，他不是像别人那样步行回家，他怕乡路上的灰土弄脏了他的衣服。阿牛叫了一辆出租车，一直开到了他们村头。阿牛一下车就看到了妻子和儿子，儿子长高了很多，儿子牵着妻子的衣角，怔怔地望着他，不敢上前，直到妻子在旁边说："这就是爸爸。"儿子才扑了上来："爸爸……"

村里人都用奇怪的眼光看着阿牛，他们猜测阿牛这家伙是不是买彩票中大奖了，昨天和他一起打工回来的人，几乎都是一个样子：一身灰尘，胡子拉碴，头发蓬乱，扛着一个破蛇皮袋。而阿牛像到哪里相亲刚回。

阿牛抱着儿子，妻子跟在后面提着包，儿子说："爸爸，你比妞妞的爸爸帅多了，她爸昨天回来时，妞妞不要他抱，妞妞说她爸像电视里的那个乞丐。"

阿牛用脸摩挲着儿子的脸蛋问："那你觉得爸爸像什么？"

儿子摸着他光洁的下巴说："老爸，你像电视里的老板。我要像你一样，将来也到城里工作，当老板。"

阿牛抱着儿子亲了又亲，说："那你就要好好读书哟。"

"爸爸，我会的。回家后我拿老师发给我的奖状和大红花给你看。"儿子得意地说。

回到家里，妻子从包里掏出了阿牛买给儿子的小人书和食物，接着又从包底拿出散发着酸馊味的衣服，妻子的眼里噙满了泪花。

阿牛看着儿子的奖状和大红花，同样泪光闪烁。

希　望

　　莫非真应了那句老话："世上没有不透风的墙？"当税务机关工作人员上门时，马老板脑海里最先反应出的竟然是这句话。

　　在山河镇马老板大小也算个人物。马老板很有经济头脑，那年他从粮食系统下岗后，在别人都外出打工的情况下，他没有跟风，他在镇上租了一个门面开起了一家个体小餐馆。开始时生意不是很好，因为镇上人到餐馆吃饭的很少，周围乡村上街的人，往往都是购了物后自己回家去吃。半年后才来了机遇。京九铁路刚好从山河镇旁穿过，当修路工人驻扎在镇上后，很多工人每天就都到马老板的餐馆吃饭，铁路修了一年多，马老板也赚了一年多。

　　马老板挖到了第一桶金后，就买下了紧邻镇政府和镇中学旁边的黄金地段的一栋三层旧楼房，装修一新后，挂出"马记酒店"的招牌开始营业了。门前搭雨棚卖早点，一楼为大厅，二楼三楼为包间雅座。这时，镇上的人和周围乡下的人都转变了观念，早上不再自己弄饭，都是上街过早，家里有什么需要请客的事，比如，婚丧嫁娶，乔迁升学等也不再在家自行操办，都是到餐馆、酒店开席，再加上镇里各机关团体的公款消费，一下子把餐饮业拉动得红红火火。马老板的"马记餐馆"每天都是忙得不亦乐乎。

　　马老板越来越精明了。起元几年他按规定，该交多少税一分不少地全交了，后来随着营业额的骤增，他发现每年交的税金竟然是一笔不小的数目。马老板的心里开始拨开了小九九。他通过不开发票，或不开正规发票，或购买假发票，做假账等手段，几年下来，偷漏的税款令他自己都有点咋舌。

马老板决定扩大规模。不久，他拆除了旧房，在原址上建起了一栋气派的4层楼房。装修开业后生意比以前更好。

正当马老板陶醉在自己偷税漏税的高明手段时，没想到有人举报到税务局，税务局的人找上门来了。

马老板怎么也想不通，是谁这样和他作对。

税务局封存了他的账目，责令他马上停业整顿，配合调查，交代问题。

马老板把那个举报人恨得咬牙切齿。马老板说，要让我查出是谁，一定不得轻饶。

晚上，马老板躺在床上，把酒店的工作人员，从厨师到服务员，从大堂经理到收银人员，一一地筛选了一遍，感觉都像又都不像。迷迷糊糊地睡着后，马老板发现自己已被关在监狱里，他隔着铁窗大声呼喊着老婆和儿子的名字……马老板惊醒了。惊醒后的马老板一身冷汗。

冷静下来后，马老板的思绪又回到了创业之初，当时下岗后，他想开家餐馆，可是手头资金不够，办营业执照，租房，装修，置办工具，聘请人员等都得花钱。这时，是税务局领导出面帮他借的低息贷款，才使他度过了难关，开张营业了。那时他自觉地纳税缴税，还连续三年被评为县纳税模范呢，那时心里多坦然啊。自从偷税漏税后，虽说尝到了甜头，但内心深处无时不在担忧中。

马老板想了很多，马老板还下床找来了一本税收政策宣传的小册子看了起来。看着看着越来越感觉自己错了。渐渐地开始不痛恨举报人，甚至觉得要感谢举报人，是他（或她）让他悬崖勒马回头是岸。马老板知道自己下一步该怎么做了。

第二天，马老板到税务局坦白了自己的问题，表示愿意接受处罚。最后马老板提出了一个特别要求，希望见见举报人，当面感谢他（或她）。

可是，税务局领导没有答应他，因为，替举报人保密是他们铁的纪律。

经过几天的奋战，税务机关结合马老板的交代，查清了马老板偷税漏税的事实，马老板按规定接受了处罚，交出了偷漏的税款和罚金，他的餐馆又重新开业了。

这天刚好是他儿子14岁的生日,马老板请来了一些亲朋好友,既庆祝儿子的生日又庆祝重新开业。

当马老板举起酒杯祝儿子生日快乐的时候,儿子告诉了他一个出乎意料的秘密。

儿子说,爸爸,你知道举报人是谁吗?

是谁?

就是我。

你?

是的。刚好那天我们在思想品德课上学习了《依法纳税是每个公民应尽的义务》这一课,我就想到了我家的酒店,我就举报了你。爸爸,你不是总教育我要做一个好学生吗?我觉得这样做才是一个好学生。

马老板放下酒杯什么话也没说,上前紧紧地抱住了儿子……

血是干净的

二别在神仙寨半山腰的碎石场打工。这活儿又脏又累,碎石机扬起的粉尘像雾一样笼罩他们,他们满身都是灰白的粉末,混合着一身汗水,尽管戴着口罩,但鼻孔里还是会吸进很多粉尘。

二别家离碎石场十多里路。这天中午,二别有急事要回家,他连衣服也没换,简单地洗了一把脸后,就带着那满身的汗酸味,搭乘从山脚下每天经过的那趟中巴车。车里坐满了人,而且都是衣着很光鲜的城里人。城里人看到二别上了车,纷纷捂着嘴巴,还有人小声嘀咕:"乡巴佬,真脏……"

二别装着没听见,靠在一个座椅的旁边,拉着吊环站在了那里。这时,只听旁边座椅上的人说："什么气味啊？熏死人，离我远点！"说话的人是一个腆着大肚子的孕妇。这时孕妇旁边一个六十多岁的老奶奶也说话了："你别站在我媳妇旁边好不好？也不怕弄脏了别人的衣服。"二别往后面挪了几排椅子，没想到后面的人也毫不客气地叫了起来："走开……走开……"

二别只好退回到了车门口，站在车门旁的踏步上。中巴车在公路上奔驰着，车内安静了下来。突然，一头野猪横穿公路，司机来了一个急刹车。车内有人发出了一声惨叫。叫声是刚才那个孕妇发出来的："哎哟……哎哟……"刚才那个急刹车让孕妇撞到了前面的椅背上动了胎气。孕妇的惨叫，一声比一声凄厉。孕妇旁边的老奶奶急得手足无措，哭着说："怎么办啊？快，把我媳妇送到医院去。"

这儿离县医院还有一个多小时的路程，送县医院来不及了。司机说："前面不远处，有个乡镇医院，就送这医院吧。"

孕妇身下流了好多血，人也晕了过去，情况紧急。车停了。从公路到医院门前还有一百多米的路程，路很窄中巴车进不去。老奶奶在车里双手抱拳作揖说："哪位行行好帮帮忙，把我媳妇送到医院去好吗？"

车内的人无动于衷，好多人闭着眼睛像睡着了一般。这时二别说话了："老人家，如果你不嫌我脏，我来帮你吧。"老奶奶说："谢谢啊……"二别抱起孕妇下了车，向医院跑去，全然不顾那孕妇下身的血滴到了自己的衣服上。

孕妇进了急诊室。一会儿医生出来说："患者由于出血过多，需要输血。可是由于条件有限，我们没有血库，得到县医院调血。但恐怕耽误时间，最好马上输血。"

老奶奶一听就惊慌地哭了起来。这时，二别说："医生，来，抽我的血吧，我是O型血。"经检验，二别的血液很健康，符合献血要求。

二别的血流进了孕妇的血管。孕妇顺利地产下了一个健康的男婴。孕妇醒来后对医生说："感谢您，医生！"

医生说："要谢你就谢刚才送你来的那个民工吧，是他输血救了你。"

"是他给我献的血？"孕妇问。

医生说："是啊，放心吧，这个民工的血很干净健康。"

孕妇苍白的脸有了红晕。孕妇喃喃道："当时在车上，我不该那样说他……"

这话可惜二别没有听到，也此时正走在回家的路上。

孙 女 笑 了

我每天的任务就是早晚两次接送5岁的小孙女上幼儿园。

我在自行车的后座上绑了一个小靠背椅，这就是孙女的专座。幼儿园门前有一段很长的陡坡，自行车骑起来很费劲，每次我都是下车推行。这段路上我就和孙女说说话，孙女会逮着什么问什么。

这天，我推着自行车上坡，有个挑着一担松针的老婆婆，正蹒跚着走在我们前面。孙女看到老婆婆，话又来了："爷爷，这老婆婆挑的是什么啊？"

我告诉孙女："她挑的是松针。"说这话时我们已经超过了老婆婆的前面。

孙女问："她把松针挑到哪里去啊？"我说："挑到街上去卖。"

孙女又问："为什么要卖啊？"

我依照自己的猜测说："卖了才有钱供她的孙子读书啊。"

孙女追问："那要卖不掉没人要怎么办啊？"

我说："那她只好又挑回家自己当柴火烧呗。"

孙女没再说话了。

在我和孙女这一问一答间，挑松针的老婆婆已被我们落下了好远，还在坡下一步一挨地移动。

到了幼儿园，孙女却不进校门。我问她怎么了？

孙女小大人似的望着我说："爷爷，我求你一件事。"

我抚摸着孙女的头说："说吧，无论什么爷爷都答应你。"

孙女说："你去把刚才那位老婆婆的松针买下来吧。"

"为什么要我去买下来？"我不知孙女怎么突然有这样的想法。

孙女说："你买下来，她才有钱给她孙子读书啊！"

我眼睛一亮，没想到孙女小小年纪竟然有这样的思想，我甚感欣慰。

"好吧，我一定马上去买下。你进教室去吧。"我拍拍孙女的脸蛋。孙女蹦蹦跳跳地跑进了校园。

我骑自行车原路返回。也许是挑累了，挑松针的老婆婆在坡下的路边歇着了。我在她面前停下车，我本想说买下松针，可是我家用的是煤气灶，用不着松针，于是我说："老嫂子，我给你100元，你这松针就算是卖给我了。但松针我不要，你还是挑回家去吧。"

老婆婆望着我半天不敢接钱，她肯定是不相信有这么好的事。我把钱往她手里一塞，就返身骑上自行车回家了。

下午放学，我去接孙女，可是孙女竟然不理我，不坐我的自行车，她要自己走回家。我不明白为什么，就拉住她问原因。孙女横了我一眼说："你是个坏爷爷，说话不算数。"

我疑惑不解："我什么时候说话不算数了？"

孙女气呼呼地说："上午你说买下那位老婆婆的松针，可是你没买。"

"谁说我没买？"

孙女说："你走后我又跑到校门口看，过了一会儿，那个老婆婆挑着松针从校门口过去了。"

"容爷爷慢慢说给你听⋯⋯"我向孙女说了事情的经过。孙女这才笑了。我从孙女的笑容里看到了阳光，看到了希望，看到了未来⋯⋯

那个风雨交加的晚上

窗外风雨交加，室内春意融融。

旅馆服务生哈波尔正穿梭在各个客房忙碌，嘴里小声哼着只有他自己明白内容的歌儿。他很喜欢这份工作，见人是一脸的微笑。哈波尔忙并快乐着。今天临到他值班，恰好有个社会团体来此地开会，他们旅馆四十多个房间都被会务组预定了，没有一间空房。哈波尔刚给每个房间送完开水，正准备在前台的沙发上靠着休息一会儿，就看见门外进来了一对步履蹒跚的老夫妻。老头儿直接走向他说："小伙子，请开一间房，我和我老伴儿要在此休息一晚。"哈波尔微笑着挠了挠头说："老人家，实在抱歉，我们旅馆已经客满了，一间空房也没有剩下。"

两位老人闻言呆在原地互相对望着，嘴里嘟囔着："这可怎么办？这可怎么办？"

看到两位老人失望的眼神和疲惫的神情，哈波尔顿的心一紧。他望了一眼风雨大作的窗外，想到这条街只有他们这一家旅馆，要到另一条街找旅馆，得冒着风雨步行一公里多路，这对已疲惫不堪的两位老人来说是一种残忍。况且，在这样一个小城里，恐怕其他的旅店也早已客满打烊了。哈波尔想："这两位老人与我的父母差不多的年纪，如果今晚没地方住，岂不要在深夜流落街头？"哈波尔决定无论如何得帮老人想想办法。他拍了拍脑门，有了主意，马上面带微笑地对两位老人说："老人家，别着急，你们今晚的住宿问题，由我来安排。"

哈波尔带两位老人来到了旅馆最东边的一个小房间里，这是一间整洁又干净的屋子，虽说小了点，但住下老两口是不成问题的。哈波尔随后又为两位老人买来了饭菜，打来了开水，还将房间的电灯开关和室外厕所的位置指点给了老人，然后说了句："老人家，晚安！"这才放心地离去。

两位老人睡了一个安稳觉。

第二天，当两位老人来到前台结账时，哈波尔说："老人家，不用给钱了，昨天您住的房间并不是饭店的客房，是我把自己的宿舍借给你们住了一晚。所以我们不会收您的钱的，只要你们昨晚休息好了，我就放心了。"

老人这才弄明白，他们昨晚睡的是眼前这位年轻人的私人宿舍。哈波尔让出了自己的屋子，他一晚没睡，就在前台值了一个通宵的夜班。两位老人十分感动。老头儿说："小伙子，你是我见到过的最好的旅店经营人。"哈波尔笑了笑，说；"老人家，这算不了什么，是我应该做的。祝你们旅途愉快！"

哈波尔送两位老人出了门，转身接着忙自己的事，很快把这件事情忘了个一干二净。

两个月后的一天，哈波尔正在打扫房间，经理交给他一封信，哈波尔打开一看，里面有一张去纽约的单程机票并有简短附言，聘请他去做另一份工作。哈波尔乘飞机来到纽约，按信中所标明的路线来到一个地方，抬眼一看，一座金碧辉煌的大酒店耸立在他的眼前。走进酒店的大厅，一位精神矍铄的老人迎上前来，哈波尔定眼一看，这不就是那天晚上来旅馆住宿的老人吗？老人主动上来拥抱了他。哈波尔不知所措地看着老人，这时老人说话了："小伙子，是我叫你来的，从今天起你就是这家酒店的总经理了。"

这位老人是有着亿万资产的美国著名富翁皮埃塔，那天晚上皮埃塔就看中了哈波尔，决定要答谢他，特地买下了这座酒店交给哈波尔管理。

第二辑 / **若有所思**

画蛇添足新编

楚人卜愚，年轻时在一个县尹家里当门客，专管祭祀方面的工作。他有两大爱好：一是喝酒，一是画画。

一天，县尹带领卜愚等一干人，去祠堂祭祀祖宗，拜祭完毕后还有剩余的酒，县尹便将其中一壶酒赏给卜愚等随行门客。这时有人提议："县尹赏给我们的只有一壶酒，如果人人有份就不够喝，但若是让一个人喝就绰绰有余。我有个建议，不知是否可行？我们在地上比赛画蛇，谁画得最快，这壶酒就是谁的。"大家都同意了。卜愚更是暗暗叫好，他好的就是酒这一口，而且画蛇也是他的拿手好戏。县尹也来了兴致，自愿出任裁判。

县尹一声令下，门客们都拿着树枝在地上画了起来。卜愚轻车熟路，三下五去二地就画好了。县尹将酒递给了他。卜愚正打算喝时，看见别人都还在地上忙乎，他就洋洋得意地说："你们画得好慢呀，等我给蛇再画上4只脚吧！"

卜愚的蛇脚还没画完，另一个人已经把蛇画好了。那人一把夺过酒壶说："你这画的是什么玩意，有谁见过长脚的蛇？没说的，这酒应该是我的了。"说完，一仰脖子，痛快地把一壶酒喝了个底朝天。

县尹和那些门客都嘲笑卜愚是个做事缺心眼的家伙："瞧瞧，这哪里画的是蛇，简直就是一只壁虎嘛！"

卜愚懊悔不已，酒没喝着还引来了人们的讥讽，他红着脸灰溜溜地走了。

从这以后，卜愚都害怕出门了，出门就会有人笑他。有时上街为县尹采买物品，认识他的人就会装着郑重其事的样子问他："兄弟，还在画蛇吗？"

卜愚也不好发作，只好忍气吞声地说："没事画那玩意干啥。"

但卜愚的内心很不好受。他知道如果继续在这里待下去，人们还会拿"画蛇添足"的故事说事。卜愚向县尹提出辞去门客的职务，到外地谋生去了。

斗转星移，一晃10年过去了。

一天，卜愚又回到了家乡。卜愚回乡后的第一件事就是要挽回10年前的负面影响。卜愚派人到处张贴布告：为了将本县打造成绘画艺术之乡，特在本县范围内开展一次绘画比赛，比赛内容：纸上画蛇。人们看了布告后不由自主地想起卜愚10年前画蛇添足的笑话，大家猜测，卜愚这家伙肯定不会参赛的。

可是出人意料的是卜愚照样参与其中。通过一个多小时的现场角逐后，比赛结果当堂公布，人们惊奇地发现，获奖者竟然是卜愚，更令人们惊奇的是，卜愚画的仍然是一条有脚的蛇。这就很令人不可思议了，当年的门客们在想："卜愚这家伙，莫不真是缺心眼，他难道忘记了10年前画蛇添足的故事吗？这脱离实际的有脚之蛇怎么偏偏就获了奖呢？难道评委们的脑袋都进了水不成？"

直至第二天看了报，人们才明白了就里。

第二天的报上头版头条刊登了卜愚的蛇画，还附有一则盛赞这幅画的评论文章：《我们的时代就需要这种敢于创新的精神》。文章中说："蛇本无足，但是在作者的笔下，它有足了。当今社会我们需要的就是这种敢为天下先的开拓创新精神。没有我们做不到的，只有我们想不到的。思想有多远我们就能走多远。作者10年前就大胆地画蛇添足，他的思想比起我们有些因循守旧的人，至少要开放10年。卜愚为我们的领导干部做出了榜样……"

人们这才恍然大悟，原来卜愚是本县新上任的县尹。

刻舟求剑新编

楚国人老愚是个爱剑之人，一天乘船过江，当船到江心时老愚站在船头，抽出自己心爱的宝剑把玩，那闪闪发亮的宝剑吸引了同船过渡人的目光，大家纷纷夸赞这是一把不可多得的好剑。老愚很受用，竟乘兴在船头舞了起来。没想到这时一个浪头打来，船身一摇晃，老愚一个趔趄，人没掉进江里，可是宝剑却脱手了，那剑掉到船舷上弹了一下，滑进了江里。

众人连呼可惜，但老愚却不慌不忙，老愚说："不妨事的，待我做上记号，停船靠岸后再下去捞取。"

老愚拿出一把削笔的小刀，在船舷上宝剑滑落的地方划了一个"+"字，说了声"OK"后，就催艄公快点开船。船上有人当时就说："老愚啊，你莫不真是有点愚，这样能捞到剑吗？"

老愚胸有成竹地说："放心，没问题，这儿掉下去的，不在这儿捞，难道在你家水缸里去捞？"

一会儿船靠岸了，老愚脱得只剩一条短裤，然后从刻了记号的地方下到水里，摸索起来，老愚浮出水面后，有人问："找到了吗？"

老愚摇了摇头。老愚深深吸了一口气后又钻到了水里，但如此几次都不见宝剑的踪迹。老愚只好在人们的嗤笑声中灰溜溜地走了。

好长一段时间老愚一出门，就会有人拿他那刻舟求剑的笑话说事。但这灭不了老愚的爱剑之心，老愚到商城转了好几回，想买一把新的。

一天，老愚的亲戚家儿子结婚，老愚要去随礼，那亲戚住在江的对岸，老愚又要乘船过渡了。

老愚上船后就有认识他的人问他："老愚啊，你的宝剑掉了，就没再买一把吗？听说县衙对门的百老汇商城，今年新到了一批手柄镶有钻石的'神龙牌'宝剑呢。"

老愚叹了一口气说："只是在柜台里看过，但买不起，啧啧，那标价一千多两银子一把啊。"

船上有一衣冠整齐气度不凡的紫衣男子听着他们的对话，似笑非笑。船到江心时，紫衣男子变戏法似的从背后的剑鞘里抽出一把宝剑把玩。老愚一看那剑眼都直了，那是一把去年开始就在市面上流行的上好宝剑，售价至少在500两银子以上。

紫衣男子拿着剑走向船头，在人们羡慕的目光中舞动起来。谁也没想到这时发生了当初老愚失剑时同样的意外，一个浪头打来，紫衣男子一个趔趄，宝剑滑落到了江里。紫衣男子一声惊呼："啊呀呀，太可惜了！"和紫衣男子随行的一个穿长袍的男人，马上拿出一个小刀，在宝剑落水的船舷处划了一个大大的"△"号，然后说："东家，不要紧。等船靠岸后，我马上派人来捞取。"

老愚一听就哈哈大笑起来，笑完后感叹了一声："唉，想不到这世上还有和我一样的糊涂之人啊！"

老愚暗想："看来，待会儿也有把戏看了。"

一会儿船靠岸了，穿长袍的男人租了一匹快马飞奔而去。老愚和同船的人没有一个人离去，都待在岸边等着看笑话。约莫一袋烟的工夫，来了一辆马车，马车上下来一人，穿着一个鼓鼓囊囊的潜水衣在船舷做了记号的地方下水了，不到一分钟那人浮出水面。众人惊奇地发现，那人手里举着一把寒光闪闪的宝剑。老愚定睛一看，这是一把最新款式的"神龙牌"宝剑。

那人上岸后，双手把宝剑呈在头顶："东家，请收好！"

紫衣男子笑眯眯地接过宝剑插进了背后的鞘中。

到了亲戚家，老愚把他看到的不可思议的事讲给大家听。其中有个在县衙工作的人问："那失剑男子是不是穿的紫色的衣服？"

老愚答："正是。"

"这就对了，那是微服外出、下乡作秀的县太爷。他想要什么还能捞不到什么吗？"

买椟还珠新编

楚国人老艾开了一家珍珠专卖店，生意很好。可是几年之后国内珍珠需求渐渐达到了饱和状态，珍珠慢慢销售不动了。老艾审时度势欲开拓新的市场，把珍珠推向周边国家。

老艾决定先到郑国试试。通过几天的市场调研，老艾发现郑国的堡垒县人最爱珍珠。那就先向堡垒县进军。

老艾来到堡垒县，在县城繁华的地段租了一间门面，摆出珍珠销售。可是生意还没开张，就来了一群身穿制服的人，亮出了工商执法证，二话不说就要强封店门。老艾上前与他们理论，一个头头模样的人说："你这属于无证经营，违反了我县工商管理条例，必须先办证后开业。"

老艾掏出烟发了一圈，说："对不起，初来乍到不知贵县法规。"然后小心翼翼地问，"能否指点一下到哪儿去办证呢？"

头头模样的人点燃烟，猛吸了一口，话随烟一起吐出："当然是到县衙找县令啊。"

老艾怀揣几颗上好珍珠出来后，锁上了店门。工商人员马上在门上贴上了封条。

在去县衙的路上，老艾向人打听县令的情况，没想到县令的口碑很好，大家都说他是一个廉洁自律的好官，从不会索贿受贿以权谋私。

到了县衙后，老艾给了师爷一颗珍珠，师爷把他引荐到了县令面前。

老艾毕恭毕敬地说："大人，我想在贵县开一家珍珠销售的小店，请您批准。"说完将几颗晶莹剔透的珍珠放在桌上。县令板着脸看了一眼珍珠后说："你知道你这是什么行为吗？我一世清白的名声岂容你用几颗珍珠来玷污？大胆！"老艾吓得浑身颤抖，连头也不敢抬。好在县令马上缓和了语气："收回你的东西吧。至于你的营业执照问题，我们会开专题会议研究的，你回去等候消息好了。"

老艾拿起珍珠灰溜溜地出门了。一路上老艾想，在楚国屡试不爽的方法，到了郑国真就这样失灵了吗？这个县令果真是一个清廉的好官？

老艾回去后等了好几天，但一直没有任何消息。连续几个晚上，老艾冥思苦想，终于有了办法：既然县令不收珍珠，那我就卖给他。

老艾选了一颗硕大的珍珠，然后特地为这颗珍珠配上了一个包装：椟。椟上绘满了红红绿绿的图案，漂亮极了。

老艾第二次来到县衙，见到县令后说："大人，我从贵县百姓的口中知道，您是一个廉洁的好官。您上次拒收珍珠的行为令我敬佩不已。今天我不送您珍珠了，我卖给你一颗好吗？"

县令绷着脸回答："好哇。"

老艾拿出装有珍珠的椟，双手递给县令，县令冷着脸接过去打开。县令紧盯着里面足足看了三分钟，然后关上。马上又打开看了半天，表情这才生动了很多，语气也温和了起来："好，这颗珍珠我买下来。你开个价吧，多少钱？"

老艾说："就按目前的市场价，一两纹银。"

县令很爽快地吩咐管家拿来一两纹银交给了老艾。

就在老艾刚准备跨出门时，县令叫住了他："你回来，这珍珠还给你吧，椟我就留下做个纪念。"

老艾说："这怎么行？您买了就应该归您所有，哪有我又拿回之理？"

县令说："你拿回去吧，不必多说了，你来敝县经商也是在为敝县经济发展作贡献，我这个做县令的理当支持！"

第二天县令就让师爷把营业执照送到了老艾手上。老艾的珍珠就这样一举打进了堡垒县的市场。

堡垒县新闻干事听说了县令买椟还珠的故事后，深深为县令支持外商的行为所感动，连夜撰写了一篇题为《清正廉洁作表率，买椟还珠传佳话》的文章发在了《郑国日报》上，县令一时成了领导干部的楷模，在全县乃至全国老百姓心中的形象更加高大。

老艾看了报后，撇着嘴角笑了："哼，舍不得孩子套不住狼，没有我攻不破的堡垒。"

也只有老艾知道，他送给县令的那椟可不是一般材料制作的，在那红红绿绿的外表下，是由24K纯黄金精心打造而成。

自相矛盾新编

矛和盾是冷兵器时代常用的两种作战武器，矛是用来进攻的，盾是用来防御的。话说战国时的赵国由于朝廷兵工厂生产能力有限，赵王颁发圣旨，允许民间生产矛和盾。

有一个叫虎父的人抓住商机，筹措银两，开起了第一家家庭兵工厂，专门生产矛和盾。开始的时候矛和盾还很畅销，可是，随着家庭兵工厂的增多，供求市场发生了变化，很多家庭兵工厂生产的矛和盾积压在家卖不出去。

虎父的家庭兵工厂也受到了冲击，矛和盾的销量锐减，最后也大量库存。虎父开动脑筋，想出了办法：做好广告宣传，让买家知道自己家的矛和盾是质量最好的。虎父在销售的摊位前扯起横幅，上写："我家生产的矛和盾质量上乘，天下第一。"并且声嘶力竭地高喊："没有我家的矛戳不穿的盾，没有我家的盾挡不住的矛。"

很快虎父家的摊位前就围满了想买矛和盾的人。这时刚好本县的最高行政长官县尹寻访到此，县尹来了兴致，县尹问："你说的可是事实？"

虎父斩钉截铁地回答："绝对是事实！"

县尹拿起了虎父家的矛和盾，把盾递给虎父，自己拿着矛，似笑非笑地说："现在我们就来检验一下你的话是否正确，我用你家的矛来戳你家的盾试试。"

虎父一听，突然意识到这是试不得的事，因为试的结果只有两种：要么矛戳穿了盾，要么盾抵挡住了矛。虎父赶紧放下了手里的盾，红着脸尴尬地站在那儿不知所措。

围观的买主们哄堂大笑。县尹冷着脸呵斥道："如此大言不惭，当街出售假冒伪劣产品，还不快快滚回家去。"

县尹的话谁敢不听。虎父在众人的哄笑声中，一把扯下横幅灰溜溜地收摊回家了。

从此，虎父再也不敢上街销售矛和盾了，虎父家中的仓库里堆满了卖不出去矛和盾。虎父的儿子问他："老爸，你怎么不再去街上摆摊出售矛和盾啊？"

虎父神情落寞地说："不好意思再去了，一上街就会有人拿'自相矛盾'的故事嘲笑我。"

虎父家的家庭兵工厂停工了。虎父没再让儿子在家跟着他学做矛和盾了，而是让他外出闯荡世界去了。

虎父家的矛和盾就那样积压着。

市场真是难以预测，谁也没有想到5年后的一天，虎父家积压了5年的矛和盾竟然成了畅销货。

那天，虎父正在屋外的山墙根下晒太阳，突然来了一拨人，手里拿着矛，虎父吓了一大跳，不知他们要干什么，这拨人来到他面前恭恭敬敬地鞠了一躬说："老伯，我们是来买你家的盾的。"

虎父说："我家的盾质量不过硬呀。"

"不要紧的，我们带着矛来检验了，只要我们的矛戳不穿你家的盾，我们就买下。"

虎父在他们的帮助下，搬出了仓库里的盾，他们用自己带来的矛去戳虎父家是盾，奇怪的是竟然都没戳穿。

第二天，又来了一拨人，手里拿着盾，要买虎父家的矛，虎父说着同样的话："我家的矛质量不过硬呀。"

来人说："不要紧的，我们带着盾来检验了，只要你家的矛戳穿了我们的盾，我们就买下。"

结果虎父家的矛无一例外地都戳穿了他们带来的盾。

随后几天又来了很多人，既有买矛的又有买盾的。不到一周的时间虎父家的矛和盾就销售一空。可是仍有很多人上门求购。

虎父不得不重抄旧业又开起了家庭兵工厂。在别人家的矛和盾销不动的时候，虎父家连粗制滥造的矛和盾也畅销无比。

短短的几个月时间，虎父就赚了个盆满钵满。可是，虎父的心里却充满了问号：为什么会突然天降财运？为什么那些人带来的矛都戳不穿我家的盾？为什么那些人带来的盾都被我家的矛戳穿了？我家的矛和盾质量真的是天下第一吗？

直至年终儿子回家来看望他时，虎父才恍然大悟。

儿子是坐着八抬大轿，被人前呼后拥着进门的。原来儿子早已是本县县尹了。

擦 皮 鞋

儿子考上了"一本"，被一所普通大学录取，我们一家人欢天喜地，无比自豪。

通知书来后，我和妻子把儿子当宝贝供着，让他吃好，穿好，玩好。暑假五十多天，我们什么事也没要儿子做，儿子在空调房里，每天睡到日上三竿。双休日，我们还陪他到他想去玩的地方去玩。儿子像得胜的将军，精神焕发，那天，我们陪儿子去逛超市。超市门前有一溜擦皮鞋的摊子。儿子说他的皮鞋脏了，要去擦一擦。擦皮鞋的那些摊主纷纷热情地招揽生意，只有边上的一个与儿子年龄差不多的男孩子没有说话。儿子径直向那男孩走去，说："擦鞋。"男孩微笑着指着面前的椅子说："好吧，请坐。"

儿子坐了下来。我和妻子站在旁边用报纸给儿子扇风。男孩开始了擦鞋的程序，尽管给人的感觉不很熟练，但他擦得很认真很仔细很投入。男孩满头大汗，时不时用肩上的毛巾擦一下汗。

我看看儿子，又看看男孩，突然感觉到很欣慰。他俩差不多的年龄，一个马上将跨入大学校门，一个在这儿挥汗如雨地擦鞋。我不禁同情起了这个擦鞋的男孩，我脑海中冒出了范伟小品中的一句台词："同样是人差别咋这么大呢？"

一会儿鞋擦完了，男孩在擦汗，儿子在看他光亮如新的皮鞋。儿子很潇洒地丢了两元钱在男孩的擦鞋箱中，走了。男孩很有礼貌地说："谢谢，请走好！"

回家的路上，妻子很感慨地对儿子说："当初我们叫你要好好读书没有错吧，要不然你也得像刚才那个男孩一样上街擦鞋。"

"喊，"儿子一甩头发，嘴角一撇，"我才不去做这没出息的事呢！"

我也附和着儿子说："他怎么能跟我儿子比呢？不好好念书的结果，只配擦鞋。"

晚上，我们一家人在一起看电视。突然，电视里出现了一幅画面：一个男孩坐在超市门前擦皮鞋。当那个男孩昂起头时，我们惊奇地发现，他正是给我儿子擦皮鞋的那个男孩。这时只听见主持人配合着画面在解说："我县高考理科状元邵进伟同学，在走进清华大学的前一天，还在超市门前擦皮鞋。他说，要靠自己的劳动挣学费……"

主持人后面说了什么我一句也没听进去，只感到自己脸上火辣辣的。再看妻子和儿子，他们也难为情地低下了头。

头　套

我剃了一个光头。

别看我剃着光头就以为我头发稀疏或快要秃头，其实我有一头乌黑浓密的头发，正因为头发太好，要梳要洗要护理太麻烦，而我这人一向懒散，疏于打理，因此经常遭到老婆的严厉批评，说我的头发像菜市场东北角的环境卫生一样脏乱差。这天我试探着在老婆面前说出了我想剃光头的想法，没想到老婆眨了几下眼睛后竟然批准下。

第一次看到我的光头形象，老婆瞪大眼睛愣愣地足足看了半分钟，然后才很夸张地惊叫了一声："哇噻，没想到我老公剃了光头后还真帅呢！"

我美滋滋地反问了一句："说说，怎么帅？"

"比孟非、乐嘉帅！"老婆爱看"非诚勿扰"，她是孟非和乐嘉的粉丝。

第二天我就顶着一个锃光瓦亮的脑袋招摇过市。在菜场陪老婆买菜时，不认识我的人会投来含义不明的目光；认识我的人会像老婆第一次看到我的光头一样，夸张地调侃："呀，咦呀，老兄也想当光头明星啊？""哟，兄弟省电呢。""呵呵，也玩时尚啊？"……闻言老婆在一旁捂嘴偷笑。

其后一段时间，人们已经看习惯了我的光头形象，也就见怪不怪了，我也轻松自如地每天该干什么干什么。我每天早晚都洗一遍头，也不用洗发水，就用毛巾打湿在头上左三圈右三圈旋转几下就"OK"了。老婆也不再数落我，还时不时夸奖我几句"老公你的样子很纯爷们"诸于此类的话。

可是，有一天我陪老婆云参加了她的同学会后，晚上一回到家老婆就冲我发脾气，我莫名其妙，问她："怎么了，是不是感觉你老公我比你的那些女同学的老公差些？"

老婆以问代答："你说呢？"

我脑海里马上浮现出白天同学会的情景。老婆的姐妹们的老公都是头发乌黑，发型有型有款，显得精神焕发，就我一人另类，脑袋光光的像刚从监狱释放回来的。可我并没有觉得这有什么不好的，我是为自己活着又不是为她们活着，萝卜白菜人各有爱嘛。

我引用老婆曾夸奖过我的话说："我觉得我比他们更纯爷们！"

"屁的纯爷们。"老婆突然声音提高了八度，"从明天起给我把头发蓄起来！"老婆口气坚决不容置疑。

"为什么？是不是你的那些姐妹们说了什么？"我想知道原因。

老婆一副恨铁不成钢的样子说："算你聪明猜对了。有的说你看起来不像个好人，问你是不是曾经坐过牢；有的说你是不是早已秃顶了，问我是不是剩女时胡乱找了个老男人；有的问我你是不是有什么难言的疾病……"

我也反问老婆："孟非和乐嘉看起来也像她们说的这样吗？"

老婆横了我一眼说："他们是明星，你是吗？你怎么能跟他们相比呢？"

"你以前不是老拿我和他们比吗？"我不服气。

老婆吼了起来："以前是以前，现在是现在。"

我蔫了："可我这头发一时半会也长不起来啊？"

老婆说："我有办法。"

第二天老婆给我买回了一个头套。于是我每天就戴着头套上班，一直到头发长起来为止。

看来生活当中很多人都曾戴过甚至还在戴着这样的头套——我脑海中突然冒出了这句话。

父亲陪我登山

　　大学毕业后我找了一份工作，在一家公司当业务员，每天除了在外面跑单还是跑单。这可与我所学的管理专业毫不对口，我有一种4年的大学白读了的感觉，因为目前与我一起跑单的业务员中有3个是高中毕业生。我每天总是在"天生我材没有用"的感叹中打发时光，3个月的业绩还比不上别人一个月。回到家中我就唉声叹气，越来越觉得自己不值钱，自己太窝囊。

　　父亲也许从我那副萎靡不振的样子上，看出了我的心思。父亲说："现在正是杜鹃花开的日子，这个周末我们一起到麻城龟峰山上去看看杜鹃，散散心。"

　　麻城的龟峰山离我们这儿不远，坐公汽一个多小时就到了。

　　一路上父亲没说多少话，只是听我在滔滔不绝地诉说着郁闷。我们来到了龟峰山脚下，父亲说："儿子啊，口渴了吧，来，我给你买瓶水吧。"父亲在山脚下的一家便利店里掏出3元钱买了一瓶绿茶递给我。

　　我说："爸，你也喝一瓶吧！"

　　父亲说："我现在不渴，等到了山顶你再给我买一瓶吧！"

　　买了门票后，我们开始登山。越往上走景色越美丽，那漫山遍野的杜鹃花一团团一簇簇，开得热烈绚丽，微风中朵朵花儿如红色的玛瑙迎风玉立，散发出阵阵沁人心脾的香味。攀登到了山顶，眺望山下的花海，我的忧愁烦恼顿时少了很多。

　　这时，父亲掏出3元钱说："儿子，我的口渴了，去，到北峰商店给我买瓶绿茶来。"

我欣然应允来到了商店。可是，一问价格，每瓶绿茶要20元。

我同店主据理力争："同样的绿茶，山下便利店只要3元，你这里为什么要20元？"

店主是个和父亲差不多年龄的男人，店主说："小伙子这个道理你应该懂得啊：物品的价值有时取决于它所处的位置啊……"

把绿茶递给父亲后，父亲问："每瓶是3元吧？"

我说："不是，是20元一瓶。"

父亲自言自语："怪了，怎么要这么贵呢？"

我把店主的话重复了一遍。父亲马上紧盯着我说："儿子，想想看，一瓶绿茶是这样，那么人呢？人的价值不同样也取决于他所在的位置吗？当你不断地向上攀登时，看到的就是更美的风景，你的价值就像这瓶绿茶一样，也就在不断地增值……"

我一下子恍然大悟，明白了父亲带我来登山的良苦用心。

下山时，我已浑身充满了力量。

今儿个真高兴

一接到女朋友珊珊的电话，家辉就跳了起来，还边跳边唱："咱老百姓啊，今儿真高兴……高兴，高兴，今儿晚上真呀真高兴……"

家辉和珊珊谈恋爱谈了一年多，家辉多次提出要拜访珊珊的父母，主动把自己送给未来的泰山大人和丈母娘看看，可是珊珊都没有同意，珊珊说时机还不成熟，等时机成熟了会发出邀请的。

今天，珊珊在电话里说，我把你的照片给我爸爸妈妈看了，他们同意见你，你准备一下,上午10点来我家吧。一曲《今儿个真高兴》反复唱了三遍,家辉才从兴奋中缓过神来。他看了一眼手机上的时间,8点10分。家辉开始着手准备了。准备的第一步就是着装。家辉把衣柜里的衣服一件一件地来回扫视了3遍,最后选了一套银辉色的西服。家辉换上白衬衣,穿上西服,再打上一条灰色的领带。装扮整齐后,一照镜子,自信油然而生。

第二步就是购买礼品。家辉一脸春风地来到了超市,在超市里转了几个来回,买了两瓶好酒和两盒营养补品。

家辉上了公汽。车上,家辉的脑子也没空着,他在构思着见了姗姗的父母后,说些什么,问些什么。设想着两位老人可能会问什么,假如真是这样问,该怎么回答。

公汽走走停停,停停走走,到了姗姗家小区时,时间已到了9点50分。

家辉下了车,有点心急,第一次上门可不能迟到哟。家辉掏出手机给姗姗打电话,让她到小区门口来接他。姗姗说,请稍等,我马上就来。家辉停在了原地。家辉突然看到对面一个向他这方向走来的老人摔倒了,老人倒在地上弓着身子喊救命。家辉离老人最近,家辉犹豫了一下,想上前救老人,但当他看到老人一身灰尘,再看看自己笔挺的西服……家辉突然又想到了报纸上登载的一件事:一位老人当街摔倒了,一路人救起送往医院,却被随后赶来的老人的儿子咬定是他撞倒老人的。

家辉不再理会还在地上呻吟的老人,转身向了小区门口走去。家辉不知道,此时身后的老人已迅速站了起来,在拍打身上的灰尘。

这时姗姗刚好出来了。家辉面带笑容地迎着姗姗走去。姗姗小鸟一样向他飞来。姗姗理了一下他胸前的领带,牵着他的手说,走,上我家。

突然姗姗听到有人喊她,姗姗,等等我。姗姗回头一看说,爸爸,你不是说到公园里走象棋吗,怎么就回了?

老人说,走,回家再说。

家辉愣在了原地,手中的礼品掉在了地上……

遭 遇 抢 劫

星期六这天，我陪妻子一起到新洲买衣服。

在回程的途中，当公汽经过四合庄大桥时，突然从桥头的栏杆后跳出三个年轻人来，其中两人拿着明晃晃的匕首，一人斜背着挎包，拦在了车前。司机被迫停车了。其中一人握着匕首，喝令司机打开了车门。随后他们三人，跳上了车。拿着匕首的两人，凶神恶煞地吼道："都别动，把钱包掏出来举在手上！"

从前面第一排开始，拿着匕首的两人，一人负责一边，从举着钱包的人手里抢下钱包。其中有两个年轻人半天没掏，几次想站起来反抗，但看到刀尖抵在了头上，还是极不情愿地掏出了钱包。

我坐在车尾，看到这一切，想到我是一个人民教师，经常教育学生要见义勇为，怎么到我自己头上就不能兑现呢，难道这一车人包括几个年轻力壮的后生，就怕这三人吗？我想，如果有人带头，刚才前面那两个意欲反抗的年轻人一定会响应的。于是，我挪动了一下屁股，正准备站起来，旁边的妻子看出了我的用意，连忙按住了我。妻子的另一只手，早已把钱包扬在了手上。我眼睁睁看着歹徒抢走了妻子手上的钱包，那可是我一个月的工资啊。

我旁边的座位上，是一个农民，他稳坐在那儿，双手护着腰部一动不动。很明显，他的钱包在腰间绑着。歹徒怒吼一声："把手拿开！"就要伸手去扒他的腰间。这时，农民做出了让我们意想不到的动作，他陡地跳起来，一拳打在歹徒的面门上，然后迅速扭住歹徒持刀的右手，夺下了刀子。农民大吼一声："大家站起来，抓住那两人！"

然而没人响应。我准备响应，但再一次被妻子用双手按在了座位上。整个过程中，那个背挂包的歹徒，一直没动手。这时他却说话了："停下，停下。"他的脸上突然有了笑容，"对不起，让大家受惊了。我们是《经视故事会》栏目摄制组的，这是我们策划设计的一个节目。刚才持刀的两位是我们的两位制片人。我们欣喜地拍摄到，我们这个社会还是有见义勇为的英雄，就是这位农民大叔。我台决定当场奖励他5000元。"那位鼻子还在放血的制片人，掏出了5000元现金双手递到了农民的手上。然后他们开始按顺序返还钱包。

我看见妻子接过钱包时，脸红红的。

我的脸同样在发烧。再看一车人，很多人低下了头。

拐个弯就到

我们开出租车的经常会遇到不认识路的乘客，有时乘客要去的地方就在旁边，他（她）也会上我们的车，哪怕乏眼就到，也得要他（她）给个起步价。

这不，今天又遇到了这样的好事。上午我到车站接出差回来的妻子，妻子刚坐在车里我正准备开走，一个农民模样的老伯从车站出来，向我招手。老伯站在我的车窗旁边说："师傅，请把我送到浙江商城。"

我刚准备说"上来吧"，妻子却先说话了："老伯，你不用坐车，浙江商城就在前面，拐个弯就到。"说完妻子还朝右前方一指。老伯连声说着感谢的话，然后要了我的一张名片后就走开了。

我直埋怨妻子话多，怎么能告诉他呢，让他上车不多赚几元钱。妻子说："我觉得做人还是厚道点好！"

我数落妻子："就你厚道，我们行业的人不都是我这样，送上门的钱不要，你傻呀你！"

妻子没再跟我争辩，只说了句："挣钱没有错，但也要讲点职业道德呀。"

中午，在车队食堂吃饭时，当我说了今天遇到一个老伯出车站后要到浙江商城去的事，他们中好几个人说，今天也遇到个相同的事，他们都让老伯上了车，赚了他的4元钱，我一听心里很不舒服。

晚上回家，妻子打毛衣，我玩电脑，女儿看电视。女儿突然叫我们："爸爸、妈妈，快来看，电视里还在播你们车队的节目呢。"

我和妻子凑到了电视机前。镜头在变换，那个老伯接连上了好几辆车。最后还出现了我的车和妻子指路的手势。这时画面切换到了主持人说话："观众朋友们，这是我们节目组特意策划的一期特别节目，想看看在我们窗口行业的从业人员身上，有没有表现出一些金钱之外的东西。我们无比欣喜到拍摄到了这位先生那暖人的镜头。为了表彰那儿先生这种诚实的行为，我台决定奖励他现金1000元。"

奇怪的感觉

我们黄州城"花园小区"一带，有一个双腿瘫痪的残疾人，靠着一个橡胶轮胎垫底做成的坐垫，用双手撑地往前移动，每天就这样向路人乞讨。

人们看到他这个样子，都很同情他，除了给钱外，还经常送给他吃的、喝的。我也是只要遇到他，就会3元、5元地把身上的零钱给他。这个残疾人也成了小区的孩子们学雷锋做好事的帮助对象。有时他要过马路，就会有孩子用一根绳子系在他坐垫的轮胎上，像拉车一样拉他过去。有时遇到天气突变，下起雨来，看到他还在地上艰难地移动，就会有好心人马上跑上前去，拉着他到楼洞里或超市门前的雨棚下避雨。

　　一年多来，他经常就这样出现在我们的视线里。他既让我们同情，又让我们肃然起敬。我还以他为例教育儿子：生存是艰难的，人生道路上会遇到很多坎坷，但只要有信念就没有战胜不了的困难，你看那位双腿瘫痪的残疾人，为了生存下来，每天就那么用双手撑地滑行，乞讨，不也一步步走过来了吗？

　　儿子也很敬佩这位残疾人，儿子说从他身上，的确看到了一种精神，一种执着的精神。所以儿子每次遇到他也总会给他一元两元的。

　　这天周末，我和儿子一起上街，远远地看到了这位可怜的残疾人，正在用双手撑地艰难地过人行横道。儿子正准备跑去帮他，突然听到刺耳的警笛声响起，只见远处对面有几辆红色的消防车在呼啸而来，路人纷纷避让。我的心一下提到了嗓子口：妈呀，那位残疾人还在路中间呢！

　　我和儿子在向前跑云，想去把他拉到路边。可是我们突然看到了惊奇的一幕：那位残疾人一下站了起来，撒开大步向路边跑去。

　　我目瞪口呆。儿子说："爸爸，他……他怎么自己能跑啊？"

　　我愣了半天才说："他的病好了！"

　　从此以后，我们小区一带再也没看见过他。奇怪的是，小区的人和我一样，都感觉有点失落，甚至还有点想念他。

教授的青花瓷瓶

　　教授上课前来到教室，请学生们帮他一个忙，把他家里的一些青花瓷瓶搬到教室里来，说等会儿上课要用到这些青花瓷瓶。教授说："愿意帮忙搬青花瓷瓶的同学请举手！"结果全班五十多名学生闹哄哄地都举起了手。教授挑选了十几个平时胆大的学生，跟着他来到了他家。

　　教授家的储藏柜里摆着十多个高大漂亮精致的青花瓷瓶。有学生问："教授这瓶这么贵重又这么易碎，假如我们搬运时摔碎了要我们赔吗？"教授说："这瓶别看花色这么好看，其实并不值钱，五十多元就可买一个，你们尽管搬，万一碎了你们也赔得起，怕什么呢。"学生们一听，嘻嘻哈哈地每人抱起一个瓶子就向教室跑去，把瓶子整整齐齐地摆在了讲台旁边的桌子上。

　　开始上课了，教授说："同学们，你们知道你们刚才搬来的青花瓷瓶每个值多少钱吗？"

　　有学生答："你刚才不是说了吗，每个五十多元。"

　　教授笑了："那是骗你们的啊！这种类型的青花瓷瓶，国内市场价，每个两万多元。"

　　"啊……"同学们瞪大了眼睛。刚才抱来瓶子的好几个学生心里一惊，因为他们以为瓶子不值钱，在路上险些摔到了地下。

　　这时教授的手机响了，教授按了免提键，全班同学都听到了教室与教授夫人的对话，夫人让教授把青花瓷瓶马上送回家。其实这个环节是教授事先设计好了的。

　　教授说："同学们，你们都听见了吧？夫人要我把瓶子马上送回去。看来还得请同学们帮忙，帮我又搬回去。"教授顿了一下，用眼光扫视了教室一圈后说，"愿意帮忙搬青花瓷瓶的同学请举手！"

这次教室里鸦雀无声，没有一个同学举手。

教授问："怎么，没同学愿意帮我搬吗？说说，为什么？"

有同学回答："不敢搬，怕摔了。"

"那刚才搬来时，为什么敢搬呢？"教授微笑着问。

"那是因为我们不知道它的价值。""那是因为我们以为即使摔了也赔得起。"……

教授收住了笑容，在黑板上用粉笔写下了一行字："无知者无畏，心态很重要，它往往能决定成败。"

同学们频频点头……这堂课上得很成功。

下课时，教授拿起一个青花瓷瓶，用力地摔在了地上，然后捡起一块碎片说："其实，这些瓶子都是我买回的残次品，50元也不值。"

学生们哈哈地笑了。教授也笑了起来，教授问："有同学愿意帮我把这些瓶子搬回我家吗？"

同学们的手都举了起来。

第三辑 / **亦真亦幻**

防　弹　衣

　　吴局长一位在部队工作的同学送给了他一件防弹衣。吴局长很喜欢，经常穿在身上显摆。别看那薄薄的柔柔的样子，穿在身上像一件黄色的背心，但它的防弹功能却是顶呱呱的。吴局长经常在酒桌上喝着喝着就脱掉外套，露出里面的防弹衣，并且振振有词地说："如果有子弹打来，它会把子弹这玩意弹回去，你们信不信？"

　　谁敢顶撞局长呢，大家都随声附和地说："信，我们相信！"其实大家心里想的是："鬼信。也没有谁有枪有子弹来试一试。"

　　世上的事篇篇就是这么巧，不由你不信。几天后这件防弹衣还真的接受了子弹的检验。

　　那天，吴局长去银行取款，恰遇一持枪歹徒抢劫银行，凶残的歹徒开枪打死了银行的保安，用锤子猛砸柜台的玻璃，吴局长仗着自己穿的是防弹衣，他大吼一声"住手"，冲了上去。歹徒抓起枪照着吴局长的胸膛扣动了扳机。吴局长只是弹了一下，而没有后退，更没有倒下。竟然有人枪弹不入，在歹徒惊奇的同时，吴局长飞身扑了上去缴下了歹徒的枪。歹徒见势不妙，转身就跑，吴局长持枪追赶。这时，110特警及时赶到，迅速出击抓住了歹徒。

　　吴局长一下成了舍身勇斗歹徒，保护国家财产的英雄。市电视台记者采访了吴局长，在记者的镜头前，吴局长脱下那件他一直引以为自豪的防弹衣拍了拍，说了句："多亏了我这件防弹衣啊！"

　　从此，吴局长的防弹衣出名了。当他再在酒桌上拍着防弹衣说："如果有子弹打来,它会把子弹这玩意弹回去,你们信不信?"大家这时说的是真心话:"信,我们完全相信!"

不久,英雄的吴局长成了吴副市长。也不知吴副市长是真的喜欢这件防弹衣,还是觉得这件防弹衣能给他带来好运,一年中至少有一半的时间没离开过防弹衣。

这件防弹衣成了吴副市长的名片。人们说起了吴副市长就会想起他的防弹衣,人们说起了防弹衣就会想起吴副市长。

唯独有一人却对吴副市长的防弹衣的防弹功能,提出了质疑,这人就是市山河建筑公司楚经理。楚经理说:"吴副市长的防弹衣,我能击穿。"

当时有人就反问他:"你难道比持枪歹徒还厉害?"

楚经理嘿嘿一笑说:"这世上的事情往往就是这么令人不可捉摸。"

这话不知怎么传到了吴副市长的耳中。吴副市长听了很不舒服。吴副市长分管的是城建,市东方广场建设工程已经立项审批通过了。消息灵通的楚经理想接下这项工程他找上门来。当吴副市长听明白了楚经理的来意后,突然想到了楚经理对他的防弹衣的贬损之词。吴副市长有了主意。吴副市长说:"你要想获得这项工程,的承建权也很容易,请你搞把枪打穿我的防弹衣,我就把这项工程的承建权交给你。"

这话在外人听来,也就等于是婉言拒绝,因为你不可能在哪里能搞到枪并且搞到子弹。可是楚经理听后却是微微一笑。楚经理说:"好吧,一言为定!"

三天后,楚经理还真搞来了一把手枪。吴副市长说:"小心,我告你私藏枪支弹药。"

楚经理说:"等我打穿了你的防弹衣后,你再去告吧。"

吴副市长穿着防弹衣,站在20米远的位置,楚经理持枪瞄准,射击。

楚经理的枪法很准。第一枪,击中了,但防弹衣毫发无损,吴副市长只是微微动了一下;第二枪,击中了,但吴副市长只是后退了几步,防弹衣打穿了一半;第三枪,打穿了防弹衣,吴副市长被击倒在地,但子弹并没伤害他,而是恰到好处地停在了他身体的外面。吴副市长爬起来后,把这3颗子弹牢牢地抓在了手中。

吴副市长认输了,把东方广场建设工程的承建权交给了楚经理。

人们都觉得不可思议,歹徒的子弹都没有击穿吴副市长的防弹衣,楚经理是怎么击穿的呢?

这个谜底还是在第二年吴副市长被"双规"后揭穿的:原来,楚经理用的是一把玩具手枪,但那子弹却是特制的,第一枪,用的是人民币加美元卷成的子弹;第二枪,用的是黄金制成的子弹;第三枪的子弹是一颗硕大的钻石。

局长的椅子

胡局长从局长的位子上退下来后,得了一种怪病。

胡局长在位时,意气风发,一呼百应,每天的感觉就是一个字:累。有时累了就躺在那宽大的办公桌后面豪华的老板椅上小憩一会儿。现在无官一身轻,想坐就坐会儿,想睡就睡会儿。可是胡局长突然发现自己竟然坐不得了。

那天早晨,胡局长沿着沿江大道跑步锻炼,跑累了就在路旁的石凳上坐下歇会儿,可是这一坐下就感觉到屁股疼痛不已。他以为是那石凳太硬,磕屁股,但回到家中坐在柔软的真皮沙发上仍然疼痛不已,胡局长站了起来,奇怪的是这一站起来,疼痛感就消失了。

中午,儿子小涛下班回来了,喊他吃饭。胡局长在餐桌边一坐下就直喊屁股疼。小涛很细心,以为是椅子太硬,特地把书房里的电脑椅搬来让父亲坐,但胡局长一坐下又立即叫喊起来。

小涛意识到父亲的身体出现了状况。下午小涛带父亲到医院作了一番检查。检查结果:除了血压偏高外,其他一切生理指标正常,没有查出任何导致屁股疼痛的原因。

这可真苦了胡局长，每天屁股不能挨椅子，就连最柔软的沙发也不能挨，除了站着就是躺着。小涛在好多家健康网和各大医院的网站上就父亲的怪病询问专家，也没有哪个专家能给出合理的解释。

这天，小涛遇到了父亲单位新接替父亲局长位置的邵局长。邵局长问起了老局长的身体情况，小涛"唉"了一声说："身体倒没什么大碍，就是不知得了一种什么怪病，屁股不能挨椅子，挨椅子就疼。"

"竟然有这种病？"邵局长也感到奇怪，"那是不是椅子太硬，你换成柔软的皮椅试试。"

小涛摇摇头："试了，照样疼。"

"那让你爸明天到我这里来坐坐，我帮他找个专家看看。"邵局长热情相邀。

第二天，小涛带父亲来到了邵局长办公室。邵局长看到前任老局长到来，热情地让座。胡局长抚摸着那宽大的办公桌后面豪华的老板椅，毫不客气地坐了下去。邵局长倒了一杯茶递到胡局长手上，然后站在旁边说："听小涛说，老局长您得了一种坐不得的病啊……"

胡局长说："是啊，也不知什么原因，一坐下屁股就疼痛不已。"

"我有个同学在武汉一家大医院当院长，哪天我带你去找个专家看看，保证能治好你的病！"邵局长拍着胸脯说。

"好啊，那先谢谢小邵了！"胡局长感激地拱拱手。

这时，小涛惊喜地发现，父亲竟稳稳地坐了这么半天，没有叫疼。

邵局长也发现了这点："咦，怪了，老局长，您这不是坐得好好的吗？"

胡局长低下头左右看看，站起来又坐下，坐下又站起来，他自己也感到莫名其妙，这十几天来竟然第一次坐下没叫疼。胡局长干脆仰靠在椅背上转了一圈，竟然觉得屁股有一种久违的舒服的感觉。"好了，没事，没事……"胡局长兴奋得孩子似的自言自语。

回家的路上，小涛的心情好多了，他问父亲："爸，你今天怎么能坐了？"

胡局长咂摸了半天说："……也许是坐惯了的缘故吧，那张椅子我曾坐了10年，一坐上去就感觉浑身通泰……"

回到家里，小涛拉过父亲说："爸，你在沙发上坐下试试。"

胡局长坐了下去，可是马上他又弹了起来，拍着屁股直喊疼。

小涛瞪大眼睛望着父亲，自言自语地嘀咕："怪了，难道老爸只是坐局长的那张椅子就不疼吗……"

为了验证自己的猜测，第二天，小涛又借故带老爸到了邵局长的办公室，小涛惊奇地发现，父亲竟然又是稳稳当当地坐在上面，神情自若地和邵局长说话。

小涛心中有了主意。待父亲回家后，他又返回邵局长办公室，向邵局长说出了想买下那张老板椅的想法和原因。邵局长沉默了好半天。看到邵局长不出声，小涛恳求邵局长一定要帮帮父亲。邵局长点燃一支烟猛吸了几口后这才开口："老局长是我的老领导，也是我们局的功臣，他既然想要这把椅子，还谈什么买的话，就当我的一点心意直接送给他老人家。"

小涛千恩万谢地叫辆车把椅子搬回了家。

胡局长的怪病就这样不医而愈了。胡局长每天起床后第一件事就是舒舒服服地坐在那张椅子上转悠。

可是谁想到情况却发生了变化。变化的不是胡局长而是邵局长，邵局长也得上了那种怪病，一坐在那张新买的椅子上，屁股就疼痛不已。邵局长让秘书去胡局长家，用新买的椅子换回了那张旧椅。令人不可思议的是，邵局长一坐在那张旧椅上屁股就不疼了。

那原因只有邵局长自己知道："这可是我觊觎了十多年的椅子啊，岂能轻易地让别人坐……"

做不得的生意

听说开网上商店很赚钱，我动心了。卖什么呢？得有一个适销对路的项目啊。我突然想起了上大学时营销教授说过的一句话：要研究顾客的心理，顾客需要什么我们就卖什么。

我在好多场合曾听人说，你这个人真没良心。看来人们最需要的是良心。于是，我打定了主意，就做买卖良心的生意。

做生意先得进货。我在网上打出了广告词：本网店大量收购良心。

真是没有不开张的油盐铺，当天晚上就有人跟帖要将良心卖给我。卖良心的人是一个小镇上的制酒商。

第二天，可忙坏了我，有很多人找我卖良心来了。我印象比较深的有，一个小镇的副镇长，一个卖牛肉的商贩，一个在城里发了财的小老板，一个整天在外闲逛的小青年……我没花多少钱就买下了他们的良心。收到良心后，我就用支付宝一一地把钱划给了他们，并将收到的良心编上号，然后在进货本上注明卖良心人的基本情况，以便联系。不到一周，我就进齐了货物。

下一步就是转手高价倒卖了。我又在网上打出了广告词：在我们这个和谐社会里，最不能缺少的是金钱吗？不是，那是什么呢？是良心。目前本网店有大量的良心出售，价格合理，实行三包，欲购从速。

我这个项目看来是真的选对了。随后的几天里就有很多人划款过来购买良心。

为了更好地和顾客沟通，了解顾客的需求，我开通了QQ。一天，我问一个欲买良心的朋友，为什么要买良心？这位朋友说，我虽说钱越来越多，但感觉到自己越来越不像个人，对周围的一切越来越冷漠，好多人说我没有良心，看到你网上广告说有卖良心的就想买了，不管多少钱都要买，反正我不差钱。

这位朋友的话看来很有代表性，这也许是很多有钱人的心理。随后，我把良心的售价提高了好几倍。没想到仍然有很多人购买，看来缺失良心的人还不少。几天的工夫我就狠狠地赚了一大笔。

那几天，我完全沉浸在赚钱的喜悦中，连岳母住院了也没去看。老婆在电话里骂我没良心，叫我无论如何必须到医院看一看。我怕见面时老婆又说我没良心，就在临走前在放良心的柜子里随手拿了一个待售的良心，揣在了怀里去了医院。到了医院一看到老婆那个黄脸婆的样子，就很不顺眼，老婆说我来迟了，我极不耐烦地吼了她一句：路上堵车了，这能怪我吗？你跟我闭嘴！

老婆就那样看着我，一愣一愣的，好像不认识我似的。我也奇怪我自己以前很怕老婆的，今天怎么一点也不怕。老婆还在数落我，我的火气一下就上来了，我说，你什么都别说了咱们离婚吧。老婆瞪圆了眼望着我足足有5分钟。

晚上回到家，我把上午拿的那颗良心刚放回原处，就听老婆吼，还站在这儿干吗，做事去啊。我又像以前那样听话地翘着屁股到厨房里洗碗去了。老婆随后跟了进来说，你的狠呢，你的狠哪里去了？你说离婚就离呀，怎么不离了？我半句话也不敢顶嘴。

老婆还在不依不饶，追问我上午为什么发那么大的狠，我也说不出个子丑寅卯。老婆骂我真是个没良心的。这句话一下提醒了我，我上午还特地揣了一颗良心呀，怎么说我没良心呢？突然我想到了，是不是那个良心的问题，我马上到柜子里拿出那颗良心，再在进货本上一看简介，是一个发了点小财后有外遇的老板的良心。难怪我会有那种不可理喻的表现，这种人的良心好得了吗？

随后几天，可让我的头都大了。电话不断，都是要求退货的。有的说，良心买回去后不想养老人了，有的说良心买回去后拿假钞骗人被人打了，有的说，自己以前一向真诚待人现在光说假话了……我知道他们遭遇的一定是跟我一样的故事。看来，敢于卖良心的人他的良心都不是什么好良心。好在我没有把我自己的良心卖出去,我答应了他们的要求,都一一退货了。这次生意我惨败了,心里郁闷啊。

还是随后的几天网上爆出了几则新闻让我心里好受了些。那个卖了良心的制酒商,制假酒喝死了人被判了刑,那个副镇长贪污救灾款东窗事发被逮捕,那个牛肉贩子卖注水牛肉被工商查获,那个城里发了财的小老板犯了重婚罪锒铛入狱,那个闲逛的小青年没钱上网就去偷,结果被别人捉住打断了腿……

原 来 如 此

贝克医生的眼科诊所一开业就火了起来,每天来就诊的患者络绎不绝。贝克医生的拿手绝技是,让盲人重见光明。无论何种原因失明,无论失明多长时间,贝克医生都能妙手回春,还你一双明亮的眼睛。

贝克医生是盲人的福星。

贝克医生的诊所设在约翰逊大楼的最顶层,约翰逊大楼是全城最高建筑。贝克医生接诊时,有一个特殊的规定,陪同的家属一律不得在场,家属乘电梯把患者送到诊室门口后,就在外面的休息室里等候,几分钟后患者就会双眼复明,出来拉着家属的手,捧着家属的脸 又哭又笑地看了又看。看着一个又一个的盲人在自己的手上重见天日,贝克医生严峻的脸上也会露出笑容。

贝克医生每治好一个患者后,在患者离开诊室前,都要极其郑重地叮嘱一句:请你不要砸我的饭碗,出去后对任何人都不要说我的治疗方法。在得到患者的承诺后,才开门放人出来。

据说有很多想发财的人,都在千方百计地破解贝克医生的绝技,但都没有如愿。那些患者感恩于贝克医生,一个个都守口如瓶。

有人对贝克医生这种做法颇有微词,认为他应该把他的治疗方法公布于世,让更多的国家更多的人受益,让人类不再有瞎子。有很多记者鼓动如簧之舌,想从贝克医生嘴里套出秘密,同样都没如愿。但不管怎么说,贝克医生的事迹值得宣扬。很快贝克医生出名了,报纸上有名,电视上有声。

我是在看了电视后才知道贝克医生的神奇的。知道了他的神奇后,我激动不已,我的父亲更是欣喜若狂。因为父亲在27岁时,一场眼疾把他拉入了无边无际的黑暗,一听说有地方能治好他的眼睛,父亲兴奋得一夜未眠。

第二天,我们就按照电视屏幕下方留下的地址,找到了贝克医生的诊所。

父亲进去了,我盯着手表的指针,一个人在外面焦急地踱着步子,但愿贝克医生真的如报纸电视上说的那样神奇。

5分钟后父亲出来了。我迎上前去拉着父亲的手,父亲好像不认识我似的,睁着一双明亮的眼睛望着我。我马上醒悟到,父亲的确不认识我,他眼睛瞎的那年我才2岁。直到我叫了一声爸爸时,父亲才抱着我喜泪飞扬。

回到家里后,大家都来祝贺父亲,同时都想听父亲讲讲神奇的治病经过。父亲当然会信守诺言,不会乱讲的,只是一个劲地说,神医啊神医!

更想知道答案的人还是我。晚上,我叫父亲把治病的经过给我讲讲,父亲说,你也不是外人是我儿子,就说给你听听吧。

父亲说,其实贝克医生的治疗方法很简单,当患者进入诊室时,他关上门后,就从内室里抱出一捆捆东西,扔在你面前,就那样不停地扔,直到你说看见时为止。当他扔第一捆时我就感到眼睛一亮,随着他成捆成捆地扔,我终于睁开了眼睛……

我迫不及待地打断了父亲的话,问:贝克医生扔的是什么啊?

父亲惊奇地说,他扔的是一捆捆百元大钞。

我心里一动,这方法也太简单了,敢情我也能治。我热血沸腾,如果也效仿贝克医生开家诊所,岂不财源滚滚?

可是父亲的一句话却像一盆冷水浇来:傻儿子,你哪里去找那么多钱啊?那可是一千多万啊。

我一下如同泄气的皮球。

我心里愤愤不平，如果不是贝克医生治好了父亲的眼睛，我一定会诅咒他，凭什么这么有钱的人还轻轻松松地赚这么多钱，我等一介农民每天在勤扒苦做，土里刨食，却总是清贫如水。

我想，像我一样愤愤不平的人还有很多。

直到有一天看了报上的一则新闻，我的心里才好受了一些。报道说，我市又揪出了一名辞职贪官，在职期间收受贿赂两千多万元。

辞职贪官就是贝克医生。

再后来的一则新闻又令我的心里五味杂陈：贝克医生在狱中哭瞎了双眼，令人遗憾的是再也没有人有办法治好他的眼睛了。

安得广厦千万间

我决定进军房地产业。

妻子本来很支持我的决定，但当她看了我的楼盘户型设计图纸后，咪地笑出声来："你的脑袋里是不是少根筋啊？你这建的是住房还是鸽子笼？"

我就知道妻子甚至包括很多人，不会认同我这一大胆创新的户型设计方案的，因为在人们心目中，如果要购房，必须考虑的是几厅几室，几厨几卫，没有谁不希望住房宽敞。可我的户型设计却是别出心裁：每间房子只有3平方米。

我的这一伟大的构想，是那天上中药铺买药时突然萌发的。当我看到中药房那一格一格的抽屉后，我想如果把房子的户型也设计成这样，岂不是能多解决一些人住房困难的问题？

说干就干。我把楼盘定名为"安居园"。办齐了一切合法的手续后，"安居园"开始打桩动工了。当然,动工之前,我鼓动如簧之舌说服妻子接受了我的决定。但妻子还是很担心:"假如楼盘建成后无人问津怎么办?那我们奋斗这么多年的积蓄不都打了水漂?"我说:"放心,我的'安居园'不会没人购买的。"我顺便开了个玩笑说,"即使真的没人要,我们还可以租给别人养鸽子嘛!"

施工在紧锣密鼓地进行。一年后,"安居园"竣工了。

开盘之前,我印发了一万多张宣传单,到处散发。还在电视上用飞白字幕打出广告:"让你在城市拥有一间属于自己的房子,不再成为遥不可及的美梦。'安居园'帮你梦想成真……"

"安居园"开盘这天,异常火爆。不到一上午,所有的楼层都抢购一空。还有很多没有抢到房的人,询问还有没有第二期工程,并表示愿意先出一半的定金预购。

这可是我们这个城市少有的现象。以前任何一栋楼盘开盘都没出现这样踊跃抢购的场面,不说远的,就说与"安居园"仅隔一个街道的"山河花园"吧,开盘至今已有一年多了,尽管采取了各种营销措施,还有十几套房没有卖出去。原因是什么,大家都明白,房价太贵,在我们这个城市,每平方米已达1万元。一套120平方米的房子就要120万元,很多人只有望"房"兴叹了。

记者们的嗅觉总是最灵敏的。市电视台记者来到了现场,在忙着采访购房者,探寻被他们称作"安居园现象"发生的原因。

第二天,我和妻子一块看电视,妻子说:"老公,你是怎么想到这3平米户型的房子会畅销呢?"

我刚准备回答妻子,却看到电视里正开始播放昨天"安居园"采访的现场报道。报道的题目是:"安居园现象"折射出了什么?

我说:"先看电视,看完再说。"

画面在移动:售楼部窗口排着的长长的队伍……售楼部前拥挤的人群……营销人员周围挤满了咨询的人……拿到钥匙的人眉开眼笑的脸……拿着银行卡却没排上号的人沮丧的眼神……

记者连续找了十几个人采访,提出的是相同的问题:"请问,3平方米的房子仅仅只搁得下一张床,你怎么会想到去购买?"

这也是妻子想在我这里得到答案的问题。妻子瞪大眼睛,紧盯着屏幕。

一个四十多岁农民工模样的男人说:"我来这城市打工十几年了,一直是租房住,赚的钱一半都付了房租。现在我只花3万元,就有了自己的房子。我真幸运,有3平方米就够了,只要能放下一张床就行了!"

一个三十多岁的女人说:"我在城里捡垃圾,没地方睡,每天都是睡在候车室,夏天蚊子咬,冬天冻得睡不着,我真高兴,现在我总算有了落脚点了!"

一个二十多岁的小青年说:"我谈了好几个对象,一听说我没有房子,结了婚连睡觉的地方都没有,就跟我拜拜了。我真快乐,现在好了,终于有了自己的房子,小是小了点,但睡觉总不成问题吧!"

一个看不出年龄衣衫不整的人说:"我每天总是睡桥洞,晴天还好对付,要是遇上大风大雨的天气,那个惨啊……感谢上帝,我真命好,现在终于有个安身的地方啊!"

一对在城里打工的中年夫妻也接受了采访,老公说:"我们两人都在城里打工,可住的是工棚,每天能见面,就是没地方亲热,那个难受劲儿……算了,甭提了,现在好了,我们终于可以天天在一起了。我们真幸福啊!"

一对白发苍苍的老两口说:"我们将房子让给了儿子结婚后,就没地方住,几年来都是住在附近工厂破旧的废仓库里,现在好了,终于有个安稳的住处了,我们知足了!"

……

我的脑子随着屏幕上采访对象的切换,也在旋转。这些人的遭遇我早知道,我就是据此作出兴建"安居园"的决策的。但现在听了这些生活在我们这个城市最底层的人的心声后,我的心不禁沉重起来。

再看妻子,妻子泪流满面。

我问:"你怎么了?"

"我……我心里难受!"妻子哽咽着说,"老公……还有那么多人……没排上号,我们赶紧开始……第二期工程吧!"

在妻子说这句话时，其实我心里早已作出了上马第二期工程的决定。但很快我又陷入了沉思：仅靠第二期工程那几十间3平方米的房子能彻底解决问题吗？

白乌鸦

乌鸦小黑每次从森林上空飞过，总爱仰望天空的白云，那洁白而美丽的云朵缓缓移动，就像地上雪白的羊群。此时，小黑会情不自禁地想：他们都是白的，为什么偏偏我们乌鸦是黑的呢？我什么时候要是能变成白色的该多好啊！

没想到，不久，小黑的愿望就实现了。

那天，小黑被一阵阵鞭炮声吸引，它飞过去一看，森林里第一家"整容医院"开业了。其中一个服务项目就是改变羽毛的颜色，而且免费酬宾3天。尽管围观的鸟类很多，就是没有一只鸟进去尝试的。小黑动心了，它大胆地飞进去，成了"整容医院"的第一个顾客。

当小黑出来时，连它自己都不相信自己的眼睛，呈现在鸟们面前的简直就是一只骄傲的白天鹅。

小黑兴高采烈地飞回家去，它想在同类面前好好炫耀一番自己的新装。可是没有一只乌鸦理它，鸦们都用奇怪的眼神看着它，就像看着一只怪物。连它的母亲也说，你不是我的女儿，甚至不让它归巢。

一大群乌鸦聚集在一起，对它指指点点，似乎在商量着什么。小黑刚准备上前去听听，却见这群乌鸦气势汹汹地向它飞来。边飞边大声吼叫："赶走这个离经叛道，忘记祖宗的东西……"

小黑吓得拍翅而逃。小黑知道乌鸦们眼里再也容不下它这个异类了。小黑有家不能归。

小黑飞啊飞啊，飞到了一座村庄。它在一棵树上停下了，想觅点食物填饱肚子。这时，一个孩子发现了它，孩子大叫："哇噻，竟然有白色的乌鸦呢！"孩子拿出了一个弹弓，装上石子，向它射来。幸亏小黑有所警觉，躲过了一劫。

小黑不敢停留，又继续向前飞去。飞啊，飞啊，飞到了一座城市的上空。小黑停在一座楼顶休息。这时有人看见了它，看见他的恰好是一名鸟类研究专家。专家惊奇地瞪大了眼睛，在心里说："都说天下乌鸦一般黑，这不就有一只白乌鸦吗？真是太珍贵了，我得捕获它。"

专家悄悄地拿出一把专业的捕鸟枪，轻轻地扣动了扳机。在小黑还没有反应过来时，它就被枪口弹射出的一张大网给罩住了。

专家小心翼翼地捉住小黑，带回了研究所。很快专家就大失所望了，专家发现，那白色根本不是自然生成的，是整容后的结果。专家放了小黑。

其后几天，小黑又多次遭遇到了人类的袭击，万幸的是都被它侥幸地躲过。

没地方去的小黑，想家了，她开始往回飞。小黑一路飞一路想："他们要又驱赶我该怎么办？"

在飞到"整容医院"门前时，小黑有了办法：将白色又整成黑色。医生慎重地告诉它："你可得想好了哦，别到时后悔，因为羽毛整容只能进行两次，你再要想整成白色就不可能了。"小黑坚定地点了点头说："想好了，不后悔。"

"这回你们总该不会说我是异类了吧。"回归本色后的小黑，欢快地向家里飞去。

可是，到家一看，小黑顿时傻眼了：它的母亲包括其他那些乌鸦，都已整成白色的了。

小黑不知所措地怔怔地在站在家门口。就在它愣神的当口，母亲出来了，冲它吼道："还不快去整成白色，不然他们又要驱赶你了……"

小黑落荒而逃。

神奇的帽子

爸爸的书房里有个神秘的柜子。柜子上挂着一把黄铜大锁，唯一的一把钥匙掌握在爸爸的手中。打我记事起，我就对这个柜子充满了好奇，总有一种想打开看看里面藏的是什么的欲望。然而，爸爸看管得很严，我根本接触不到钥匙。

那天，趁爸爸上卫生间的空儿，我偷偷溜进了书房，躲在了宽大的落地窗帘后面，透过窗帘的间隙瞪大眼睛看着爸爸的那个书柜。一会儿，爸爸进来了，可他并没有去打开柜子，而是仰靠在办公桌旁的转椅上闭目养神。这下搞得我不知所措，是继续潜伏下去，还是偷偷溜开呢？正在我盘算时，突然听到了敲门声，只听爸爸说了声请进，就进来了一个年轻的叔叔。那叔叔递给爸爸一个鼓鼓的信封，爸爸接过信封放进抽屉后，就从腰上解下钥匙转身去开柜子。我轻轻地把窗帘挑开了一点儿，瞪圆了眼看着爸爸的一举一动。柜子打开了，爸爸从柜子里拿出了一顶很好看的帽子，交给了那位叔叔。那位叔叔一边说着谢谢，一边戴上帽子笑眯眯地走了。

一会儿，桌上的电话响了，爸爸拿起电话，嗯嗯了几句后，放下电话，匆匆忙忙带上门就出去了。真是天助我也。爸爸竟然忘了那钥匙还挂在柜子上呢。

我迅速地从窗帘后钻出来，打开了柜子。一看，好家伙，大的，小的，不同形状的，不同颜色的，竟然是满满的一柜子帽子。我搞不清楚爸爸哪弄来的这些帽子，他藏着这些帽子干什么？我只觉得好玩，就随便拿了一顶夹在腋下跑出了书房。

第二天，我在教室里拿出了这顶帽子戴着玩，帽子大，将我的眼睛都罩了进去。同学们可能也从来没有看到过这么漂亮的帽子，都抢着要戴一戴，搞得教室里闹哄哄的。这时班主任走了进来，一看这乱七八糟的场面生气了，班主任二话没说，没收了帽子，戴在自己的头上走了。令我们不解的是，第二天班主任就不再是班主任了，而成了我们的校长。校长以后每天戴着那顶帽子，神气十足地在校园里踱着步子。

后来，我又好几次瞅准机会，偷偷地从爸爸的书柜里拿出了不少帽子，在同学那里换一些笔记本、玩具汽车、MP3之类的小玩意。奇怪的是，那些同学把帽子拿回家交给他们的家长后，家长只要一戴上，在单位不是成了科长就是成了主任。有个同学没交给家长自己戴着，第二天就成了学生会主席。

我终于发现了爸爸那些帽子的神奇。我决定要搞出一顶最好的帽子自己戴。

那天，我又故技重演，藏在窗帘后，看到爸爸接过一位伯伯的一张卡后给出一顶帽子。爸爸又有事，没锁柜门就匆匆出去了。我轻车熟路地从柜子里的最上层拿出了一顶最好看的帽子，塞在怀里跑出去了。

上学的路上，我戴上那顶宽大的帽子，吹着口哨耀武扬威地走着。这时，迎面碰上了几个戴大盖帽的叔叔，他们不由分说地收走了我的帽子。

晚上回家时，我看到妈妈正坐在椅子上号啕大哭。我问妈妈怎么了，妈妈流着泪告诉我，爸爸的帽子不见了，没有了帽子的爸爸被几个戴大盖帽的人带走了。

我吓哭了。我哭着要爸爸，可是，他们再也没有让我见爸爸。

一个月后，我终于见到了爸爸，那是在电视上见到的。电视里有人在问爸爸话，爸爸低着头。我好多话听不懂，依稀听懂了一句，他们好像是说爸爸卖官。

我望着爸爸，边哭边说，我要爸爸，不要帽子。

悲催驯虎人

艾德里安是19世纪末英国东部卡姆福尔小镇上的一个驯虎人。

当时的小镇上艾德里安不是第一个驯虎人,在他之前还有一驯虎人,这驯虎人经常带着他的老虎到处表演,老虎的那些站立、打滚、钻圈等花招让观众拍案叫绝,也深深吸引了艾德里安。艾德里安欲拜驯虎人为师。可是驯虎人为了垄断市场,拒不收徒。于是,艾德里安决定自己摸索。艾德里安从猎户手里买回了一只出生不久的幼虎,自己驯养。艾德里安知道,驯虎的前提是保障自身的安全。艾德里安苦苦思索了几天后,想出了一个最原始的方法:让幼虎从小开始吃素食。艾德里安每天只喂给幼虎面包、奶酪、土豆泥、豆汁等,开始幼虎闻了闻后就走开了。幼虎不吃食,艾德里安也不管,就那样让幼虎饿着,这样连饿了3天后,再喂一点素食,幼虎竟然开吃了。有了第一口就不愁第二口,后来艾德里安每天就专门喂幼虎素食,两个多月后幼虎就养成了吃素食的习惯,一年后幼虎成年了,仍然过着素食的生活。在这一年中,艾德里安与老虎和平共处,艾德里安也训练出了老虎一系列的表演项目,后来也开始带老虎到各地演出赚钱了。

一天,老虎不知什么原因生病了,一整天不吃不喝。艾德里安很着急,因为停止演出一天就少一天的收入。艾德里安还担心老虎死了,如果死了,他就没有赚钱的工具,财路就断了。第二天在老虎卧地不起,仍然不吃不喝时,艾德里安决定喂老虎一点肉试试。他从街上买来了两斤血淋淋的牛肉,拿到老虎嘴边时,老虎先是闻了闻,然后在上面舔了舔,接着就大口大口地吃了起来。艾德里安接着又买来几斤牛肉喂给了老虎。第二天艾德里安带着老虎又开始外出表演了。在表演一个老虎钻火圈的节目时，老虎可能是由于生病刚好，窜起时稍有偏差，一下把艾德里安擦倒在地，艾德里安的头摔破了，鲜血直流。这时老虎闻到了血腥味，它返回身在艾德里安的伤口上舔了起来。现场的观众还以为这是表演项目之一，正在大家饶有兴趣地观看时，老虎突然张开血盆大口向艾德里安的颈部咬去，在观众还没有反应过来时，老虎已将艾德里安的头颅咬了下来。现场观众一看老虎吃人了，一窝蜂地逃散了。等警察带着麻醉枪赶来时，地上只看见艾德里安血肉模糊的骨头和衣服碎片。

第二天，英国的《谢菲尔德每日邮电报》在报道这则新闻时，结尾说了这样一句耐人寻味的话："驯虎人的致命错误是，不该让一直吃素食的老虎开荤戒，老虎尝到了甜头后，那埋藏在心底的欲望进发出来了，再想抑制它就很难了。"

在现实生活中，每个人都有欲望，面对形形色色的诱惑，我们要把持住自己，决不能让内心邪恶的欲望进发，在我们的人生道路上千万要走好第一步，不然后果严重。

耍　猴

老伴怕老纪成天闷在家里怄出病来，叫他每天出去走走。老纪居住的小区旁边不到两公里的地方有个小公园，那里每天都有一些老人打打太极拳，下下象棋，遛遛鸟，散散步。老伴说："老头子，你不要总待在家中看电视了，明天也去公园玩玩吧，来去不要乘车，就步行锻炼锻炼。"老纪答应了。

第二天老纪下楼了。出了小区门口，老纪按老伴说的方位，沿着门前的赤壁大道向左走，走了大约一公里后，在一处有红绿灯的十字路口停了一会儿，再向右走，一会儿就来到了公园的大门口。老纪进去后漫无目标的在公园里踱着步子，转过一个假山，看见一块平坦的草地上围着很多人，在看一个中年男人的耍猴表演。耍猴人指挥着两只猴子，一只大猴子，一只小猴子，耍猴人给了每只猴子一个大苹果。然后给小猴子戴上帽子，对大猴子说："告诉你，它现在当官了。"大猴子先是敬礼后是鞠躬，然后把苹果给了小猴子。接着耍猴人摘掉了小猴子的帽子，对大猴子说："它现在的官被我撤了。"大猴子马上神气起来，一下扑上前去把小猴子手上的两个苹果都抢了过去，左手啃一口，右手啃一口，片刻的工夫就将两个苹果啃光了，然后将核投向小猴子。那滑稽动作让现场的观众笑得前仰后合，老纪也跟着笑得皱纹颤动。

看完了猴子表演后，老纪又去下棋的老人们那边观战了一会儿，又去看了几个老太太排练扇子舞……不知不觉一上午的时间就过去了。老纪沿原路回家了。

可是，到了小区里面，老纪却迷糊了，转了几个来回就是不知道自己住在哪一栋。没办法老纪只好打家中的电话，让老伴下来接他，老伴一出门洞儿就笑了，因为她看到老纪就站在自家的楼下。老伴说："老头子，你怎么连自己的家也不认识啊？"

老纪看看门洞儿两旁说："我记得这里有几根红色的路灯杆，怎么没有了呢？"

老伴说："你从局长的位子上退下来后，路灯就被人拆走了。"

"哦……"老纪若有所思，脑海里突然浮出了刚才公园里两只猴子的表演。

第四辑 / **陌上花开**

麻 爷

　　自从那次借钱被拒绝之后，我爸和麻爷的关系就开始冷淡起来。不是麻爷不理我爸，而是我爸不理麻爷，我爸见了麻爷就弯路，哪怕麻爷老远就招呼我爸，我爸也佯装着没看见没听见拐到另外一条路上去了，遇到旁边无路可拐时，我爸就会调转头往回走。

　　知道了我爸恨麻爷的原因后，我也开始不喜欢麻爷了。

　　其实，我以前很喜欢麻爷的。麻爷总说我是村里最聪明的孩子。记得很小的时候，我们一大群孩子在麻爷家的麻花店门前玩，我们都盯着麻爷柜台上八字形的金黄色麻花，喉结蠕动，吞咽着口水。

　　看到我们的馋样，麻爷说话了："你们谁想吃麻花？"我们异口同声地回答："我想吃。"

　　"好，我出个题目考考你们，谁能算对，我奖给他10根麻花。"麻爷出的题是："假如要你们站成一条队，你站在中间，你前面站了5个人，你后面也站了5人，请问你这队一共有多少人？"

　　他们都抢着回答："10人。"

　　就是我没出声，麻爷问我："小焰，你说说等于多少？"我说："11人。"

　　这时他们都笑我傻，说我不识数，连五加上五等于十也不知道。

　　麻爷去柜台里拿出10根麻花，他们欢呼雀跃地刚准备去接，可是麻爷却直接递到了我的手上。他们都不服气，说麻爷说话不算数，算错了的反而得麻花，麻爷笑着说："你自己不是那列队中的人吗？"

他们这才蔫了下来。我没有独吞麻花，每人发了一根。麻爷上前抚摸着我的头说："这娃，将来有出息。"

这年我才5岁，还没上学呢。

7岁时上学读书，我的成绩年年优秀，一路顺风读到了初中毕业，以全校总分第二名的好成绩考入了县重点中学。可是，我家里穷，我爸拿不出钱来供我读高中。我爸说："高中就不读了，去跟麻爷学做麻花，以后可以养家糊口。"

我想读，但我爸不拿钱我也没办法。我爸去找麻爷，央求麻爷收我做徒弟。我爸与麻爷的关系最好，麻爷平时有空也爱到我家坐坐，经常考考我，我也爱到他店里玩玩，顺便蹭点麻花吃吃。可是出乎意料的是，麻爷却坚决拒绝了我爸的要求。麻爷还在我爸面前贬低我说："你家小焰，手脚太笨，不是做麻花的料子。"

我爸回家把麻爷的话转告了我后，我就再没到他的麻花后玩过。

我跟我爸说我一定要读书，不能让人把我看笨。我爸说："我找人借借。"

我爸出去借钱去了，到天黑时才回，可是没借到一分钱。我爸坐在椅子上双手抱头一言不发。第二天我爸又出去借钱去了，但不一会儿就神色慌张地回家了，一回家就拴上大门，从怀里拿出一个纸包，打开纸包，里面是一沓理得整整齐齐的10元钞票。我爸哆哆嗦嗦地数了一遍后说："真是天助我家啊，这是我在竹林里的那条小路上捡的。够我儿子一年的学费了。"

我妈插了一句话，我爸眼里的亮光顿时不见了："这钱，我们不能昧下，想想人家丢钱的人该多着急啊。"

我爸说："也是啊……"

最后，我爸我妈决定，等10天，10天后是我报名的时间，要是没有失主寻找，就留着报名，就算是借，以后要知道了失主是谁，再还给人家。

我拿着那沓钱报名去了。

后来我爸去建筑队打工，家里的经济条件好转了，我读完高中后，考上了北京的一所名牌大学。我考上大学那天，我爸办酒，麻爷也不请自来了。我和我爸还是叫了麻爷，麻爷笑眯眯地答应了。

大学毕业后，我留在了城里工作。

一天，我接到我爸电话，我爸说："你回来一趟吧，麻爷病危了，他喊着你的名字要见你。"

我连夜坐飞机赶回了家。

病床上的麻爷骨瘦如柴，奄奄一息。听到我的呼唤，麻爷睁开了眼，断断续续地说："小焰啊，当初……没让你……跟我学徒……别怨恨我啊……我那也是……"

我流着泪打断了麻爷的话："麻爷，别说了，我明白了你的良苦用心。当初那钱也是你送的。"

说这话时，我仿佛又闻到了麻花的香味。我真真切切地记得，报名那天，拿着父亲给我的那沓钱时，我闻了闻，每张上面都有一股麻花的香味。

麻爷说："别提钱的事了……你现在有出息了……我就高兴啊……"

我紧紧握着麻爷的手，泪流满面。

马 队 长

马队长26岁时就当上了队长。

马队长当上队长靠的是他的一句玩笑话。那天马队长和几个村民，被老队长派去抬一头倒在田畈里的病牛。虽然天气寒冷，但马队长他们抬着牛走着走着，就浑身发热。马队长穿着一件旧大衣，头上开始冒汗了。马队长让别人顶着抬了几步，他脱下大衣顺手披在了牛的身上，然后又继续抬着牛向公社兽医站走去。他们一行路过公社门前时，刚好遇到了公社书记。书记问，小伙子，你怎么把大衣披在牛身上？马队长开了一个玩笑说，天太冷了，我怕牛冻着。那时耕牛是农民的宝贝，书记相信了马队长的话，一下对他产生了好感，书记随手在工作笔记本上记下了马队长的地址和姓名。不久老队长因病去世了，队里要重新选一个队长，报告打到公社书记那里，书记记起了马队长，就拍板让他当上队长。

这时的马队长还没有找媳妇。当上了队长后，有人开始为他介绍对象了，但他都没答应。马队长心里有人了，马队长暗暗喜欢上了镇副食店的营业员萍花。马队长经常抽空去萍花的副食店买东西。马队长每次去时都拿出一张10元大团结。第一次，马队长将他积蓄了好长时间的零零散散的毛角子，在大队会计那里换成了一张10元的大团结整票，到萍花的店里花一毛五分钱买了一斤盐，萍花找回了一大把零钱。马队长回来后补上一毛五，又到会计那里换成了一张大团结。下次到萍花店里时又用一张大团结买一包两毛钱的烟，萍花又找回一大把零钱，马队长回来后又如法炮制换成了一张大团结。就这样两个多月后，萍花不仅记住了马队长，而且在马队长离开后还经常走神儿，在下次马队长进店时心还会怦怦地跳。

功夫不负有心人，半年后萍花成了马队长的老婆。

马队长没什么嗜好，好的一口就是抽烟，但他抽的都是那时最便宜的"大公鸡"牌香烟。有次去公社开会时，马队长发现其他队长拿出的烟都比自己的好，马队长硬是不敢把自己的烟拿出来，就那样整整憋了一上午，烟瘾来了就狠吸几下鼻子，把旁边的人呼出的烟雾吞进去。回家后马队长郁闷了好几天。但马队长有办法，他让萍花从副食店弄回一个当时最好的牌子"蝴蝶泉"的空烟盒。到下次开会时，马队长也神气十足地掏出"蝴蝶泉"有滋有味地在那儿吞云吐雾，只有他自己清楚那里面装的是"大公鸡"。

实行责任制后马队长以为大集体解散了，群众单干了，他这个队长就当到头了，但第一次民主选举后，他却被选上了村长。

马队长当上村长后想为村里做点实事。

村里小学的校舍太破旧，一遇到下雨天教室里到处漏，冬天窗户破了，孩子们冻得直打寒战。马队长决定重新建几间校舍。马队长多次召开村委会，让村干部带头捐点，他自己带头捐了500元。还号召村民各尽所能出点，找本村在外工作的人要点，不辞辛苦奔波了半年多，总算盖起了5间宽敞明亮的大教室。

马队长遇到的最棘手的一件事是迁坟。国家要修一条铁路，而铁路刚好从马队长他们村经过，要占用他们村很多田地。马队长组织村民开会，传达上级文件，做好宣传动员工作。占用的田地好解决，村里可以另外调剂，难的是铁路刚好经过一片坟地，要搬迁这些坟墓的工作却不好做。先是村里的其他干部上门做工作，但不见效果，最后马队长亲自出马，腿跑细了，口说干了，到各家各户做工作，宣讲政府的补贴政策，并承诺划出对门山乱石岗上一片空地作为坟墓安置地，大家才点了头。马队长向乡政府铁路办上报了20座坟，领回了搬迁费1万元，发放到了户主手中，搬迁工作才顺利完成。马队长人也明显地瘦了下去。

做完后这件事，马队长就病倒了，到医院一检查肝癌晚期。乡亲们上门看望来了，都祈盼着马队长能病体康复，但马队长的病情一天比一天重。

马队长弥留之际对萍花说，我死后把我埋葬在对门山的乱石岗上……

萍花不理解他怎么有这个决定，萍花问，乱石岗是安置那些搬迁坟墓的地方，你到那儿去干什么？马队长断断续续地说，赎……罪……20座……

这话让萍花如坠五里云雾中。

第二年，乡政府铁路办下来核查坟墓数量与补贴发放金额是否对应时，发现其他村里有不对应的多报现象，而马队长他们村刚好20座。这时萍花这才明白了马队长说的"赎罪……20座……"的意思。萍花来到马队长坟前哭道，你这冤家呀，坟，你怎么能多报呢？那多出的一座，现在变成了你的了……

原来，搬迁的坟墓只有19座，马队长多报了一座，多领了500元。这是马队长当了一生的队长唯一的一次贪污。

冬　草

"草儿,我要喝水。"冬草来到屋后的牛栏,刚把牛牵出来准备到塘边饮水,屋里就传来了婆婆的声音。

冬草说:"娘,您稍等会儿,我牵牛喝完水就回来的。"冬草把牛牵到了门前的水塘里,待牛喝饱水后,把牛牵到山墙旁土坡上的榕树下拴好,就回了屋。

婆婆躺在床上还在咳嗽。冬草倒了一杯开水放在了婆婆床边的桌子上说:"娘,水很烫,要凉一下,我去把鸡喂了马上来。"

一会儿,冬草喂完鸡进来了。冬草找来晾在床头的一块毛巾围在了婆婆的颈上,拿起汤匙,一匙一匙地喂婆婆喝水。

婆婆中风瘫痪在床已经3年了,手颤抖着不能拿稳东西,3年里婆婆的吃喝拉撒睡就靠冬草料理。其实,冬草完全可以不一个人这样辛苦。婆婆有两个儿子,两个媳妇,大儿子刘天的媳妇杨花可以替换着料理。婆婆瘫痪后,开始时刘天和冬草的男人刘地哥俩商量着一家料理一个月,可是料理了两个轮回后,婆婆在冬草面前哭着说,不想再去老大家了。婆婆说,老大媳妇杨花经常指桑骂槐说她是个老不死的。婆婆的屎尿在床也不及时换洗,还经常一天只吃两餐,吃饭时把碗放在婆婆床头,拿个汤匙让婆婆自己吃,婆婆的手不灵便,一碗饭婆婆有一大半都洒到了枕头边,杨花也不管婆婆吃饱了没有,她自己吃完后就来收拾碗筷,饭后也不管她喝不喝水,就到村子里找人打牌去了……

冬草6岁时就没了娘,她要把婆婆当作自己的亲娘。冬草没同刘地商量,就自作主张地一个人来料理婆婆。杨花也早就巴不得是这样,杨花不再管婆婆了，成天吃了饭后不是打牌就是逛街。冬草在家既要招呼孩子，料理家务，又要照顾婆婆。但冬草毫无怨言，空下来时就和婆婆说说话。

婆婆的水刚喂完，圈里的猪又在叫。冬草又连忙提着泔水桶喂猪去了。喂完猪后，冬草对婆婆说："娘，今天太阳很好，我抱你出来晒晒太阳吧。"冬草在门前摆好躺椅，然后回屋抱出了婆婆。太阳下婆婆眯缝着眼望着忙出忙进的冬草，自言自语地说："真不知我上辈子积了什么德，修来了这么个好媳妇！"冬草的辛苦婆婆看在眼里，疼在心里。

有一天，冬草病了，发着高烧，她没去医院，而是硬撑着照样洗衣弄饭照顾婆婆，结果晕倒在地，幸亏男人刘地回来发现后送到了医院。冬草惦记着家里，在医院里住了3天就回家。杨花听说冬草病了，上门来说接婆婆到她家去住，冬草说算了我的病好了，还是住在我家吧，杨花就没再说什么了。

半年后，婆婆再次中风，送到医院抢救无效，离开了这个世界。冬草想到婆婆这几年瘫痪在床所受的罪，眼泪不由自主地流了下来。

那天是婆婆出殡的日子，村里的父老乡亲和刘家的亲朋好友都来参加葬礼。冬草想哭，可是突然感觉到哭不出来。冬草觉得婆婆的死也是一种解脱，冬草在心里默默祝福婆婆一路走好。

追悼会开始了，哀乐奏过后，就是亲人们哭灵的环节了。男人刘地捅了捅跪在旁边的冬草，小声说："来了这么多人，你就放声地哭几句吧。"可是冬草心里难受但就是哭不出声音来。

在冬草默默流泪的时候，突然有人放声大哭，哭声凄惨："我可怜的娘啊，您怎么忍心抛下我们走了呢？您叫我们从此以后到哪里去看您啊？我们想念您啊，娘……"这一声声哭诉，牵动了在场的人的心，很多人跟着流下来眼泪。

这是大儿媳杨花在哭。

"真是一个孝顺的媳妇啊！"人群中有人在说。还有人说："还是杨花跟婆婆的感情深些。"

棺材起动上山了，杨花一直哭到了坟地。冬草只是默默流泪。

安葬了婆婆后，刘天刘地兄弟俩聚在一起，算账分钱。婆婆去世收的礼钱,除去葬礼的所有开支后,兄弟俩各分得现金两万元。

杨花笑眯眯地拿着钱到银行存现去了。

冬草拿着钱,头脑晕晕的,她想起了婆婆还没吃饭,她急急地赶回家,进门后来到婆婆的屋里,喊一声:"娘,你肚子饿了吗?"

喊完,看到婆婆的床上空无一人,这才意识到婆婆已经永远离开了她。

冬草愣愣地站在床边,突然放声大哭:"娘……"

关 门 大 吉

邹村离镇上6里地。说远也不远,说近也不近,如果步行也只要四十几分钟的时间,如果骑摩托车不到10分钟就到了。但现在的人图方便,能就近处解决的事就不想到远处去。

邹金就是看准了这一点,在邹村开起了第一家代销店,销售一些烟酒、食盐、酱油、牙膏、卫生纸、洗衣粉等之类的日用品。邹金家代销店的生意居然很红火。村里人如果不是刻意到镇上购物,一般的东西就都到邹金家的代销店购买。

与邹金家对门的邹树看到邹金家的生意这么好,也动了开店的心事。心动不如行动,邹树家也领回了营业执照,开起邹村的第二家代销店。

都是一个村里的人,低头不见抬头见。村民们看到邹树家的代销店开张了,就都去抬抬桩,那几天到邹树家买东西的人比到邹金家的人明显地多些。一块蛋糕被两个人分吃,当然没有一个人吃痛快。邹金心里不高兴了。他就那样坐在门前,看准到邹树家去的是谁,到了晚上就亲自上那家拜访。

"兄弟,老哥我没哪儿得罪你吧?"

"没有,没有……"

"那你怎么也得照顾照顾我的生意啊!"

那家人就会说:"下次一定,下次一定。"

邹树家的生意好了几天后,也冷清了下来。邹树也那样坐在门前,看准到邹金家去的是谁,到了晚上也亲自上那家拜访。

"老哥,兄弟我没哪儿得罪你吧?"

"没有,没有……"

"那你怎么也得照顾照顾我的生意啊!"

那家人也说:"下次一定,下次一定。"

邹金、邹树满以为这样一套近乎,自己家的生意就会好起来。可是事实却并不是他们想象的那样。

邹金家的生意也没怎么好起来。邹树家的生意也不好。

邹金、邹树嘀咕着同样的问题:"怪了,难道村里人不再需要日用品了吗?"

一个月后,两家都关门大吉了。

只有村民们心里清楚:日用品肯定是需要的,但是宁可多走几里路到镇上买去……

还是那条项链

妻自从嫁给我的那天起就想要一条项链。

每次上街时,妻的眼睛总爱朝那些时髦女人的脖颈上瞟。当看到那些女人颈上或黄灿灿或白亮亮的物件时,妻的眼光总是直直的。我那时很困难,就连结婚的费用也是在亲戚中凑齐的,根本不可能有钱来满足妻想要一条项链的愿望。好在妻是一个贤惠的女人,从不嫌弃我穷,婚后从没有在我面前提过起项链的话题。妻越是这样我越觉得过意不去,那种愧疚感宛若一块石头压在了我的胸膛,几乎成了我的一块心病。

我每次到外地出差,都会鬼使神差般的爱到商场的珠宝首饰柜台转转,每次又总是在昂贵的标价面前望而却步。

一次,我出差北京,在王府井旁的一个仿真首饰店里,看到了一款仿白金项链,样子好看极了,好多人在那儿抢购。一问价格每条只要200元。我心动了有一种如获至宝的感觉。毫不犹豫地买了一条。虽说不是真的,但那装项链的盒子考究而精致:紫色的木匣上雕刻着鸳鸯戏水的图案。打开盒子,里面粉红的金丝绒上躺着一条夺目的项链。

回到家里,我神秘兮兮地把那个紫色的盒子放在桌上,对妻说:"看,我给你买了什么?"

"莫不是项链?"妻一脸的惊奇,好像有感应。

"算你会猜!"我洋洋得意地说。

妻打开盒子,愣了一会儿,脸上没有了刚才生动的样子。"我们现在这么为难,你怎么还乱花钱买这么贵重的东西?……"妻开始数落我。

等妻停了下来后,我把真实的情况告诉了她。妻拿出项链捧在手中,喃喃自语道:"这怎么会是假的呢……这怎么会是假的呢……你不会……是……骗我的吧?"

我拿出了购物发票给她看,她这才没做声。

"来,我帮你戴上试试。""嗯!"妻竟有点不好意思,脸红红的。

妻白皙光滑的脖子配上这条项链漂亮极了。她在镜子前左照照右照照,从她的眼神中可以看出她非常喜欢。

我怕妻不敢戴出去,就安慰她等我过几年有钱了一定买条真的给她。

"我敢戴,我敢戴。不用真的,就这很好。谢谢老公!"妻说这话时是一脸的真诚。这下轮到我不好意思了。

第二天妻大大方方的戴上项链同我一起逛街。

在商场门口，妻遇到了她的一个好姐妹小曼。小曼看到了妻的项链直夸漂亮，还摘下来在自己的颈上试戴。妻在一旁说："这是我老公在北京买给我的，是真白金的！"

后来妻又遇上了好几个熟人，别人一夸奖她的项链漂亮好看，她都要解释一句："这是我老公在北京买给我的，是真白金的！"我真记不清这句话她一天中说了多少遍。

晚上我对妻说："别人又没有说你是假的，你忙着解释什么？倒有点此地无银三百两的味道。"

妻振振有词："怕什么，就要说。"

我无语。

这条项链妻一戴就是3年。要说这假作真时也挺真，戴了3年竟然没怎么褪色，还是像真的一样。

3年中我们还清了所有债务，慢慢也有了些积蓄。一次签了一大笔订单，给公司带了很可观的经济效益，公司发给了我2万元奖金。我想到的第一件事就是给妻买一条真正的项链。

那天，我到珠宝首饰城花一万多元，给妻买了一条粗壮的纯白金项链。当我把这条亮闪闪的项链交到妻的手中时，妻竟不是我预料的兴奋，她竟然哭了起来，还一边哭一边在我的胸膛上捶打起来。我要帮她把项链戴上，她不要我帮，自己对着镜子戴上了。戴好后她站在镜子前，自己端详着镜中的自己，好久好久。

我拥过妻说："明天正好是周末，我们上街，让她们看看，咱老百姓也有自己的真项链了。"

"嗯！"妻点了点头。

第二天我在楼下等妻出门，我早已准备好了夸奖她戴上项链真美之类的话。可是等她下楼来一看，她戴的还是原来那条项链。我问她为什么不戴真的，她不说，只说让我自己去猜。

我们在街上漫无目标地闲逛。没想到在商场门口又遇到了妻的好姐妹小曼。小曼看到妻颈上的项链又夸道："你这项链质量真过硬，3年了还这么抢眼。"

妻出乎我的意料说："好什么好，这是假的。是我老公花200元在地摊上买的。"说得小曼一愣一愣的。

后来妻又遇上了好几个熟人，只要有人一夸她的项链漂亮，她都会不失时机的解释一句："好什么好，这是假的。是我老公花200元在地摊上买的。"语气中颇有点自豪感。

我同样记不清这一天中这句话她说了多少遍。

我问妻："你怎么又像这样说，不怕人笑你是假的？"

妻眼睛一眨一闭，撒起娇来："怕什么怕，有什么好怕的？"

"那你以前怎么不这样说呢？"我想摸摸妻子的心。

"不告诉你，就不告诉你。"妻一副撒娇的模样。

我定定地看着妻子，傻傻地笑了。

卖不掉的肉

草根叔笑了，笑得额头上的皱纹像门前水塘里的波纹一漾一漾的。也该他笑的，六十多户人家的垮子里就他一家的猪养到了岸。年初时捉回猪崽的有好几户人家，但不是中途病死就是三人外出打工没人饲养而在半大时卖掉了，只有草根叔家的猪在老婆水花的精心照料下年终出栏了。

养猪就像银行里的零存整取，草根叔马上到了整取的时候，他当然高兴啊。还有一个令他高兴的原因是，往年乡里规定不准农户私宰自家养的猪，今年政策宽松,农户自养的猪可以自宰自销不交一分钱的税。

草根叔家的猪有三百多斤,最少能杀出两百多斤净肉。水花说,自己留30斤其余的卖掉。草根叔就同水花商量,考虑到乡里乡亲的平时都待自家不薄,肉价就比街上一斤便宜3元钱,街上卖10元,他家只收7元。

最先上门的是埫子东头的包子嫂。包子嫂在街上卖肉包子,她一听说草根叔家的肉便宜卖,开口就要草根叔最少考虑她40斤。

有光谁不想沾,草根叔家热闹了起来。这家10斤,那家20斤,一会儿草根叔手里那巴掌大块纸上就写满了名字和数字。那些人家乐呵呵地在心里盘算开了:每斤便宜3元,10斤就节约了30元,很划得来。可是僧多粥少,后来的人家就不乐意了,数落草根叔看人下菜。

大发来迟了没他的份,质问草根叔,你可不能这样厚此薄彼啊,那回你家的猪病了,还是我帮你打的电话到兽医站找来的兽医呢,无论说什么你得计划我最少15斤。

牛粪嫂前两天回娘家了,回来后马上找上门来说,怎么你就忘了? 好歹你家的猪崽是我和你老婆水花一起上街选回的吧,怎么着也得匀我10斤。

还要好几家曾帮过草根叔家忙的人家上门要买肉来了。

草根叔的头都大了,都是乡里乡亲的,给谁不给谁呢? 晚上草根叔躺在床上翻来覆去就是睡不着。老婆水花出主意说,为了不得罪乡亲们,我看还是跟街上卖一个价吧,就10元,这样没买到的人家就不会有意见了。

草根叔一琢磨,对啊,每斤10元,一视同仁。

第二天一早,王屠户带着徒弟宰猪来了。草根叔家院子里挤满了人。

草根叔说话了。各位乡亲,实在对不起,肉价同街上一个价10元钱一斤,请大家谅解! 草根叔掏出烟在发。

没人接他的烟,但有人接他的话。

昨天说得好好的7元,今天怎么变成了10元,你这不是忽悠我们吗?

草根叔马上解释,对不起,对不起大家! 为了能公平一点儿,只好出此下策了……

包子嫂反应最强烈，她涨红了脸打断了草根叔的话，别拣好听的说，不就是看到买的人多肉俏了趁机涨价吗？哼，你这种人我在街上见多了。

谁说除了王屠户就不吃肉？真是笑话，我们拿着钱哪儿割不到肉？走，我们街上割去，想割肥的割肥的，想割瘦的割瘦的。有人嚷开了。一院子人陆续走光了。

一会儿王屠户拿着工钱，徒弟拎着猪下水也走了。望着案板上白亮亮的肉，草根叔唉声叹气。埋怨起老婆水花了。

水花一下跳起来了，我就不信，这么新鲜的土猪肉卖不了，明天我们到街上自己卖去。

第二天，草根叔起了一个大早和老婆水花一起把肉拉到了街上，在包子嫂摊点的斜对面找了块空位安顿下来了。卖肉卖肉，新鲜的本地猪肉……水花扯开喉咙喊了起来。

没有不开张的油盐铺。马上有人围了上来。刚卖了两个主儿，突然来了几个穿制服的人。停下停下，不能卖。我们刚刚接到群众举报，说你这儿的肉没有经过检疫，卖没检疫的肉是违法的。

草根叔和水花眼睁睁地望着那群人把肉拖走了。

斜对面的包子嫂望着蹲在地上蔫蔫的草根叔和水花，撇着嘴小声嘀咕了一句，小样，我还整不了你？两毛钱的电话费就搞定。

第二天，草根叔交了几十元的检疫费后取回了肉。然而那肉已不那么上眼了，与旁边屠户凌晨现杀的肉的颜色相比明显地暗哑，一看就是头天没卖出去的陈肉。

草根叔同水花商量后决定，便宜点好销些，就卖7元。水花扯开喉咙喊了起来，本地猪肉便宜卖，7元钱一斤……

刚好大发上街经过这儿，听到水花的叫卖声，气鼓鼓地指责草根叔，我说你呀真不为人，乡里乡亲的7元不卖，跑这儿来还是卖7元，你这不是明显得罪村里的人吗？何必呢？

碰巧牛粪嫂也经过这儿，草根叔喊住了她说，牛粪嫂，是要肉吗，就7元，来吧要多少？

牛粪嫂斜了肉摊一眼说，不要了，我家的年肉前天就割足了。

牛粪嫂走后，水花又扯开喉咙喊了起来，本地猪肉便宜卖，7元钱一斤……

又有人围了上来。有个老伯说要割20斤，刚准备付钱，旁边有人说话了，买不得，莫贪便宜，便宜不是好货，肯定是问题猪肉，不然谁会傻到降价卖。老人又将钱揣回了兜里。围观的人散了。

太阳老高了，温暖的阳光晒在草根叔身上暖暖的，可草根叔的心却是凉凉的。

看着无精打采的草根叔，水花扯开喉咙喊了起来，本地猪肉便宜卖，5元钱一斤……

车　祸

女人的生命之灯快油干熄火了。

女人这是一生中第一次走出大山。小小的县城在女人的眼中竟是那样的繁华，看什么什么觉得新鲜。可是女人不是来游玩的，她是在男人的陪同下到县医院看病的。女人本不想来，是男人非要她来的。女人满以为看看门诊，开点药回去吃吃就没事了，可是医生说那不是一时半会的事，要住院观察几天。女人扭不过男人，只好极不情愿地住了下来。

那天，女人上卫生间回来，路过医生办公室，听到医生和她男人说话的声音，好像是在说她的病情。女人停下了脚步。

你女人的病很严重，要尽快做手术，做了手术可以活个三五年，不做手术恐怕挨不过下个月。

那做手术得几多钱?

大概三到四万吧。

女人没再听下去,只觉得头里面嗡嗡地在响,胸口也闷了起来。女人没让自己倒下,扶着墙壁才慢慢挪回了病房。

躺下后,女人只觉得头脑里一片空白,就那样瞪大眼睛呆呆地望着天花板。

一会儿男人进来了,在笑。我问了医生,医生说你这病不要紧,动个小手术就没事了。

女人将眼光转向了男人,她从男人的眼睛里看出男人不是在笑是在哭。

飞儿他爸,我们……不治了……回家……吧……这医院住不起……回去找村里的……赤脚医生……打点吊针算了。

女人的眼睛红红的,不时伸出舌头舔了舔苍白干裂的嘴唇。

怎么能一有病就不治了呢,你不想看飞儿娶媳妇给我们生个胖孙子?男人扶女人坐了起来,倒了一杯水递给了女人。

提到飞儿女人的心一紧,那是他们的独生儿子。女人和男人一生勤扒苦做,农忙时在田里插秧割谷,农闲时在山上侍弄果树,一年到头很少有清闲的日子。本来一心想把儿子培养到大学,就连取名字叫飞儿也是希望他将来飞出大山。可是儿子不争气。初中读完后打死也不愿再读,又不想在家吃苦,从家里带钱出去在外面折腾,一时要钱学美容美发,一时要钱上驾校,一时要钱开服装店……男人和女人溺爱儿子,只要儿子开口几乎没有不满足的。几年下来,家里的老底快掏空了,还哪里有钱治病。

唉……女人长叹了一口气。男人哪里看得出女人在想什么,仍在那儿憧憬着未来。女人只看见他的嘴在动,至于说的是什么,她一句也没听进去。女人已下决心不治了,她在打着她自己的算盘。儿子不成气候但总归是自己身上掉下来的肉,自己死了以后要安葬,无形中会给他们带来几千元的债务。

飞儿他爸,我已决定了不治,我们明天就回家吧。男人生气了,很坚决地说,在这病上我当家,钱的事不要你操心,你安心养病就行。

女人望着男人,泪不由自主地流了下来。女人知道说服不了男人,女人突然想到了死。村子里那些想不开的人要死就会去喝农药，也去喝农药吧，女人在心里自言自语。就这样死了，一了百了了吗？女人似乎又觉得很不甘心。倒不是怕死，因为她又想到了她死后给男人和儿子增加的负担。蓦地，女人想起了电视里说的一件事。有个在城里拾垃圾的老汉，过马路时被一辆违规行驶的汽车撞死，司机赔了20万才了事。

想到这里，女人只觉得血朝上涌，明显感觉到脸上烧烧的，心也一下活起来了。我要也有这20万……女人突然有了一种幸福的感觉。

不能迟疑，病不等人。女人想见儿子一面后就去实施她的幸福的计划。

飞儿他爸，我想见见飞儿。女人望着男人，表情生动了很多。

好吧，我这就去打电话叫儿子回来。男人以为女人同意治疗了。

可是连续几天儿子的手机都关机。男人就天天打，那天终于打通了，儿子说过几天就到医院来的。

又是好几天过去了，儿子仍然没来。医生也催过几次叫要赶快做手术。女人不同意，说要等儿子来。女人感觉到自己越来越不行了，好像随时会死去。女人决定不等儿子了。

那天，男人回山里老家借钱去了，女人抓住了这个空当。

病恹恹的女人就那样走出了医院咬着牙慢慢走过了几条街。女人来到了有红绿灯的十字路口，等在了人行横道边。女人看过电视的，她知道只有违章的车撞了才能赔多些的钱。女人在等待时机。女人就那样站在那儿，几乎快站不住的时候，突然发现左边有辆黑色的小车闯红灯向这里驶来。女人也不知哪里来的那么大的力量，迅速起步穿越人行横道……

飞起来又落下去的女人，在笑。

血，流到了睫毛上，流到了眼睛里，流到了胸前。女人的意识还很清楚。女人听到了有人在惊叫，撞人了，撞人了。透过被鲜血打湿的眼睛，女人看到小车上下来一人惊慌失措地向她走来。

女人使劲眨了眨眼睛，惊呆了。待那人低下头来查看她时，女人就那样惊叫一声，一口血喷在了那人脸上……

那是她的飞儿，今天借了一辆车到医院来看她的。

好歹咱是城里人

薛娟转了一上午商场，总算选中了一套满意的服装。

薛娟回家后第一件事就是穿上新买的衣服，在老公李辉面前显摆："老公，看看我这衣服，好吗？"

薛娟在沾沾自喜地等着老公的夸奖，可是老公的话却像一瓢冷水泼来："一般般，感觉像乡下妇女的品位。"

"我就知道你狗嘴里吐不出象牙，这可是我转了4个商场才选中的啊！"薛娟噘着嘴不服气，"你动动脑好不好，乡下妇女能有我这品位？幸好明天就可以检验。"

"你明天要去哪里？"李辉问。

"说你脑袋不管事就是不管事，明天是你弟弟的女儿满周岁的日子，我要去随礼啊。"薛娟横了李辉一眼，语气变得有点得意，"好歹咱是城里人，城里人就要像个城里人的样子。总不能把我降低到与你弟媳兰花同等的档次吧。"

李辉是从农村出来的，大学毕业后在城里安家了，他还有个弟弟生活在乡下的老家，弟媳也是农村人。李辉没再说什么，他了解薛娟，每次回乡下老家，都是薛娟最得意最开心的日子。听说老李家在城里工作的大儿媳回来了，村里的那些女人们都会来玩，每次都用羡慕的眼神看着薛娟，特别是看薛娟的衣服，有的还伸手摸摸。女人们都说，城里人的眼光就是不一般，瞧这衣服穿在身上就像模特似的。兰花也会说："嫂子，你穿衣服好有品位啊！"

薛娟每次从老家回来后,都会兴奋好几天。当然,李辉也高兴,自己的女人毕竟为自己在村里人面前长了脸。其实李辉并不特别看重穿着打扮,以前薛娟新买了衣服叫他评价时,他就一个字:好。但这次薛娟选回的衣服,李辉的确感觉不怎么好,于是说了句实话,没想到却扫了老婆的兴。李辉知道薛娟第二天肯定还要问一次,他已盘算好了,薛娟要再问,就说很好。

果然第二天薛娟临走之前,又问李辉:"老公啊,你说句实话,我这衣服好吗?"李辉一本正经地说:"还是我老婆有眼光,选的衣服就是有品位!"

薛娟娇嗔地翘着嘴说:"那你昨天为什么说一般般啊?"

"傻瓜,那是开玩笑的呗。不是我吹,我老婆就是模特的身架,无论穿什么衣服都好看!"这句话让薛娟眉开眼笑,薛娟在李辉脸上吻了一下,就带着愉快的心情出门了。

车上,薛娟在想象着弟媳和老家的那些女人们,今天又该会用怎样羡慕不已的眼光看她,她们一定会再一次重复那句很让她受用的话:"城里人的眼光就是不一般啊!"

薛娟回到了乡下弟弟的家。

可是,薛娟一进门,看到兰花的第一眼,一路上愉快的心情瞬间荡然无存。

薛娟看看兰花,又低头看看自己,薛娟的眼睛瞪大了,兰花穿着的竟然是与自己一样款式,一样颜色的衣服。霎时,薛娟感觉到浑身发痒,想用手去挠挠,却又不知道痒点在哪儿,一句话,就是浑身不自在。

兰花的表现恰恰相反,当她看到嫂子时,同样是惊奇地瞪圆了眼睛,兰花怎么也没想到,自己在镇上的服装超市随便选回的衣服,竟然与城里的嫂子一模一样。兰花感觉到以前在嫂子面前的自惭形秽一下子抛到了九霄云外。兰花在心里乐开了花:"看来咱乡下人也有眼光,也有品味位啊。"

村里的女人们来了,在和薛娟打过招呼后,话题的焦点马上放在了薛娟妯娌俩的衣服上。不过她们没再用羡慕的眼神看薛娟,而是把欣赏的目光投向了兰花。她们把兰花藏在心里没说出来的话说了出来:"看来咱乡下人也有眼光,也有品味啊!"

　　三个女人一台戏，这一群女人可就热闹了，有的夸衣服颜色美，有的夸衣服式样新，有的夸衣服面料好，有的夸衣服做工精……她们把兰花围在中间，让兰花没时间去招呼客人。兰花说："你们陪我嫂子坐坐吧，我还有事呢！"

　　女人们这才到薛娟这边来，可是她们再没什么话说，关于她们感兴趣的衣服的话，刚才在兰花那儿说完了，她们只是问了薛娟几句"坐车累不累""孩子怎么没带回玩玩"之类的话，就冷了场。

　　薛娟坐也不是，站也不是，她真恨不得几下将身上的衣服撕成碎片。薛娟把随礼的钱给了兰花后，说单位有急事找她，就起身告辞要走。兰花让她吃了饭再走，她说来不及了，必须马上回去。兰花见挽留不住就和几个姐妹把她送到了村头。

　　望着远去的汽车扬起的烟尘，兰花一脸的疑惑："嫂子今天怎么了？以前回来时可不是这样啊，和我们有说有笑的。"那几个姐妹也觉得薛娟今天不对劲，但到底是为什么，她们也说不出个子丑寅卯来。

　　李辉看到薛娟早早地回来了就问："你这么快就回了？没在弟弟家吃饭吗？小侄女长得一定很可爱吧？"

　　薛娟吼了一句："你哪来那么多废话！"

　　薛娟冷着脸三下五去二地扒下了身上的衣服，一把扔进了垃圾桶。李辉不合时宜地问了句："这么有品味的衣服，怎么扔了？"

　　"你给我滚出去。"薛娟把李辉推了出去，然后"啪"的一声关上了卧室的门。

　　可令李辉莫名其妙的是，一会儿薛娟又开门出来找她扔掉的衣服。

　　原来，薛娟刚刚接到了兰花的电话："嫂子，我的衣服虽然颜色式样与你一样，但我是在地摊上买的水货，只花了200元。"

　　薛娟自言自语地说："这还差不多，你怎么能跟我的衣服比呢，我的可花了1200元啊！"

刮 目 相 看

二槐和三槐是亲兄弟，但他们不住在一起。二槐住在城里，是城里人；三槐住在农村，是乡下人。二槐比三槐大3岁，二槐叫三槐三弟，三槐叫二槐二哥。

二槐两口子都有工作，日子过得滋润；三槐两口子靠在家种那几亩薄田为生，日子过得艰辛。

三槐最怕亲戚有什么要随礼的事，每次随礼三槐总是比二槐少得多，三槐得到的礼遇也比二槐轻得多。比如，几年前他们堂姐的儿子结婚，二槐随礼200元，三槐只给了80元，结果喝酒时二槐坐首席，三槐坐下席。后来有次随礼，三槐想在礼金上压过二槐，但被二槐巧妙地盖过。那次他们姨妈的女儿出嫁，他们兄弟俩带着老婆去随礼，二槐先拿出随礼的钱300元，三槐想这次我一定要压过你，三槐暗暗咬了咬牙掏出了400元，可是没想到，二槐很快又让老婆拿出了200元，结果二槐两口子共随礼500元，而三槐两口子总共只带有400元。

后来有好多次，二槐像能掐会算一样，总是在礼金上盖过了三槐。

日子就像门前的风一样无声无息地流逝。几年过去了，三槐在发生着变化，二槐仍旧过着原来那样的日子。

一天，他俩同时接到了参加村小学落成庆典宴会的通知。他俩都明白，这宴会的酒不是那么好喝的，得随礼。

二槐有好几年没回过家乡了，这次回家乡露露脸，得多随点礼显摆显摆。二槐拿出了2000元。

二槐得意洋洋地看着三槐，二槐在心里推测，三槐顶多出1000元。

三槐看了一眼二槐榜上的金额后，不慌不忙地掏出了一个信封，递给村主任说，这是我随礼的钱。

村主任打开信封，一张一张地数着，最后用高音喇叭宣布：三槐礼金1万元。

二槐看着三槐像看着一个外星人，三槐看着二槐，掩饰不住眼神里的扬眉吐气的光彩。

其实，二槐不知道，农村这几年发生了翻天覆地的变化。三槐兴建了一个养鸡场，已经是拥有资产三百多万的老板了。

丢　　钱

秋兰嫂的号啕大哭声连村子西头的人家都能听到。

很快全村的人都知道秋兰嫂家失窃了。这事搁在谁家的头上谁家都受不了。要知道秋兰嫂家失窃的可不是一笔小数目，那是憨牛哥在深圳辛辛苦苦打工一年赚回的8万元钱啊。

那天，当憨牛哥回家后把那厚厚的8沓钱扔在床上时，秋兰嫂瞪圆的眼睛好半天都没眨一下。秋兰嫂说："你个憨牛，也不存在卡上，带这么多现金回，你不怕出事啊？"憨牛哥挠着头皮"嘿嘿"地笑了："有什么好怕的。我用一个破蛇皮袋子装着，谁知道里面是钱啊？"

秋兰嫂拿起一沓钱用手在上面摩挲着问："这一沓是多少啊？"憨牛哥说："一万。"

"我的妈呀，这可是8万哟，我们发财了！"秋兰嫂的声音里明显带着颤音。秋兰嫂和村里的很多人一样窝在家里侍弄那几亩田地，每年出产个万儿八千的,从来没见过这么多钱。以前秋兰嫂家的经济状况在村里算下等。秋兰嫂在和村里几个玩得好的姐妹们聊天时,一高兴说出了憨牛今年赚回了8万元钱的事。很快全村的人都知道憨牛家有钱了。

家里有了钱,秋兰嫂感觉到心里的底气比以前足多了,走起路来也蹬蹬蹬蹬甫提多有劲,遇到乡邻们时主动打招呼,话也比以前多了。可是秋兰嫂发现,人们对她表现出的热情似乎没什么回应,当她说什么时,很多人只是哼哼哈哈,似乎不想和她多说话。以前她和大家关系处理得很好哇,有时家里遇到点为难的事想找人借点钱,很多人都会热心快肠地伸出援助的手,还会安慰她说:"不要紧的,你这只是暂时的为难,说不定过两年你家的日子就会好起来的。"

秋兰嫂想:"现在我的日子好了,手头有钱了,他们怎么突然变冷淡了?"秋兰嫂莫名其妙。

这天秋兰嫂在一个土坎下挖地,突然听到旁边的路上有一群人在说话,好像是在说她家的事。秋兰嫂竖起耳朵仔细听,还真是在议论她家。

"赚了8万元有什么了不起的,瞧秋兰那婆子得意的样子,好像全村就数她家最有钱。"这是六麻子的声音。

"钱多怎么了,钱多还要八字蹬,蹬载不住害一场大病,十万八万都得扔进去。"这是三花嫂的声音。

"算她钱多,再多我家不会向她家借一分。"这是唐葫芦的声音。

"得瑟什么,老天有眼,赶明儿叫贼偷了去。"这是细猫子的声音。

……

秋兰嫂只感觉到头在发晕。待他们走远后,她才偷偷摸摸做贼似的上了土坎回家了。

秋兰嫂再外出时,不再主动和人打招呼,走路时把帽檐压得低低的。这时又有人在憨牛哥面前说话了:"你老婆这段时间怎么像变了个人似的,以前看到我们那么热情,现在碰到了我们连话也不说,低头而过,是不是因为有了钱就看不起我们这些穷街坊了?"

憨牛哥忙解释:"怎么会呢?她可能是这几天身体不好吧。"

憨牛哥回家后就问秋兰嫂，秋兰嫂没把她听到的话告诉憨牛哥，她不想给憨牛哥心里添堵，只说这几天的确是感冒了不舒服。

憨牛哥是在去镇上买菜回来时，才知道家中失窃的事的。憨牛哥回到家时，六麻子、三花嫂、唐葫芦、细猫子等好多乡亲早都来家了，还在说着安慰秋兰嫂的话。当憨牛哥听说那一年的血汗钱不翼而飞时，憨牛哥愣在了那儿一动不动，然后蹲在地上双手薅着头发自言自语道："这年怎么过啊……这年可怎么过啊……"

六麻子说："憨牛哥，别难过，损财折灾嘛，有什么困难我们帮你。"

三花嫂说："塞翁失马焉知非福啊，说不定你明年会赚得更好。"

唐葫芦说："憨牛哥，你不要太急，我今年田地里出了几千元，你拿1000元去，先去打点年货吧。"

细猫子说："马上去报个案，看公安能不能查出来，能查出来追回就好了，万一没查出来，先在我们这里拿点钱去过个年。"

……

憨牛站了起来，感激地望着这些热心的乡邻。秋兰嫂的哭声也止住了。

秋兰嫂再外出时，村里的人都会说着安慰的话，都会询问她家有什么需要帮助的，那份融洽的和谐和温馨又找了回来。秋兰嫂脸上有了笑容。随后秋兰嫂像什么事都没发生一样，该干什么就干什么。

大年初一这天，秋兰嫂交给了憨牛哥一张卡，说了句："给你，这是你那8万元钱。"

憨牛哥眨巴着眼问："怎么，派出所破案了？钱追回了？"

秋兰嫂诡秘地一笑说："我根本就没去报案，再说钱也没丢啊。"

刘别匠葬父

　　鄂东地区把不听父母的话，专门做与父母的话反其道而行之的孩子叫"别匠"。这类孩子的共同特点是：父母叫他往东他偏要往西，父母叫他栽花他偏要种刺。

　　神仙寨的刘财主就养有这样一个儿子。刘财主的儿子是寨子里出了名的"别匠"，以至于人们都不知道他的真名叫什么，一直以来寨里的人都叫他刘别匠。刘别匠是刘财主的独生儿子，要说刘别匠这"别匠"性格的养成也是刘财主惯出来的。刘别匠从小娇生惯养，刘财主事事顺着他，事事宠着他，用寨子里人的话来说："刘别匠如果要天上的月亮，刘财主也会搭梯子去摘。"

　　在父母的溺爱下，刘别匠一天天长大了。到了13岁时，这种别匠孩子特有的逆反心理越来越强烈，刘别匠专门与父亲作对，而且乐此不疲，每天不与父亲别匠一番似乎就没有精神。有次家来了客人，刘财主叫儿子去买一瓶白酒，他满以为儿子这次不会别匠，可是刘别匠却偏偏买回了一瓶醋。客人喝了一口后几乎酸掉了大牙，看到客人喝下醋后那难受的狼狈的样子，刘别匠在一旁哈哈大笑，气得客人拂袖而去。按说，这时刘财主该狠狠教训儿子一顿，可是刘财主却只是轻描淡写地说了句："你这孩子，怎么这么不听话？"

　　这样的事例还有很多，多到刘财主都麻木了。刘财主有时还当着外人的面夸奖儿子别匠得聪明呢，刘别匠见父亲夸他，变本加厉，更是以别匠为乐。

　　不知不觉中刘别匠长大成人了，到了该说媳妇的年龄。刘财主准备了一笔丰厚的彩礼，让刘别匠送到寨东的一户人家定亲，并嘱咐他将姑娘带回家来看看,刘别匠喜上眉梢,他暗暗高兴,又一个别匠的机会来了。刘别匠拿着彩礼走向了寨子的西头,找到一户人家,把彩礼给了人家后,将一头老母猪抬了回来。刘财主气得当堂晕了过去。刘财主这才开始意识到问题的严重性:儿子的心理不仅仅是逆反,已经到了严重扭曲的程度。刘财主狠了狠心,规定儿子不得再每天外出闲逛,而必须老老实实地待在家中闭门思过,什么时候改了这"别匠"习惯,什么时候才准许出门。

刘别匠怎么会心甘情愿地俯首听命呢,他趁父亲那天不在家,翻院墙跑了,跑到外面流浪去了。

这下刘财主气病了,而且一病不起,病体越来越严重。刘财主感觉到自己时日不多,家中有些事要向儿子交代。刘财主最不放心的就是自己死后的安葬问题,他知道儿子那已深入骨髓的别匠毛病,如果直接说死后叫儿子厚葬自己,儿子肯定会别匠着将他草草下葬。刘财主已经打定好了注意,等儿子回后,就让人转告儿子:"不必厚葬我,我死后,将我扔到长江里就行了。"

刘财主着人到处去寻找刘别匠,可是一直没有找到。可怜的刘财主没能见上儿子最后一面,就撒手归西了。

刘财主死后第二天,总算有人寻回了刘别匠。刘别匠回家后看到父亲的遗体时竟然流下了眼泪。当人们转告了他父亲的遗嘱时,刘别匠愣在那儿默默无言。其实,此时刘别匠良心发现。他越想越觉得以前的确对不住父亲,从没听过父亲的话,时时处处与父亲唱对台戏,现在父亲死了,无论怎样也得听父亲一回话吧。

想到这里,刘别匠就扛起父亲的遗体奔向江边,一下将父亲扔进了长江。

望着父亲的遗体随水漂走,刘别匠心里才觉得轻松了一点,他对着江水大声哭道:"父亲,儿子总算听了你老人家一回话啊!"

第五辑 / **对号入座**

电 视 相 亲

溪悦是个其貌不扬的女孩,是那种无论化多浓的妆也谈不上漂亮的类型。溪悦很苦恼,大学4年同寝室的姐妹都谈了一场或多场轰轰烈烈的恋爱,而她却还不知道牵男朋友的手是什么滋味。参加工作进入现在的公司后,她的恋爱记录还是停留在"0"上。

听说电视上正在热播一档相亲节目《心诚则灵》,溪悦犹豫了几天后报了名。她有自知之明,对能初选上不抱多大希望,因为她看了几期《心诚则灵》,发现上节目的女嘉宾都很漂亮。可是出乎意料的是,她竟接到初审通过,近期将参加节目录制的通知。

溪悦买了一身最时尚的衣服,刻意打扮了一番,参加对她来说是第一期的节目的录制。

溪悦不想在电视上露面太久,她想速战速决。这期节目出场的有5位男嘉宾,她竟为其中3位男嘉宾留灯到最后,可是结果却大大打击了她,这3位男嘉宾找出了不同的理由都拒绝了她。

节目录制完毕后,溪悦一个人在电视台招待所哭了一场。她不打算参加第二期节目的录制,她怕第一期的悲剧又再次上演。

第二天,她找到导演说了想打退堂鼓的想法。导演安慰她说,相亲有时要靠缘分,现在没牵手成功,只能说明你的缘分未到,再等几期看看,说不定你的缘分就来了。

溪悦想想,也许导演说的是对的。就这样溪悦又连续参加了好几期。但结果是，从没被男嘉宾选为过心动女生，更别说牵手成功，次次留灯到最后，都遭到男嘉宾的婉言拒绝。

溪悦再次找到导演说，不再参加下期节目了。导演说，你的缘分说不定就在下期，请再等一期。

这世上的事就是这么巧，令电视机前的观众惊奇的是，下一期节目中，溪悦竟然牵手成功了一个高大帅气的男孩，而那牵手的经过，竟然让电视机前的观众和溪悦公司的同事们感动不已。

这期节目中的2号男嘉宾，来自首都北京，他上台后，当主持人拿出选号器让他挑选心动女生时，2号男嘉宾说不走既定程序，他是专程冲着一位心仪的女嘉宾来的。场上的女嘉宾一听，一个个瞪大了眼睛，都希望自己是那个幸运的女孩。溪悦也一样眼睛放光，摄影师似乎在刻意捕捉溪悦的镜头，溪悦满面笑容的特写头像占满了屏幕。

请大声说出你心中的女神，主持人也用期待的目光看着2号男嘉宾。

2号男嘉宾显然兴奋不已，朗声说道，我是冲着24号女嘉宾溪悦来的。

镜头中是溪悦惊愕不已的表情。

主持人问，请问你对24号女嘉宾了解多少？

2号男嘉宾这才展开一幅画册说，这是我自己制作的一幅画册，此前溪悦一共参加了6期《心诚则灵》，我在电视上拍摄下了她每一期的照片，我还记录了她每期当中，出镜了几次，每次说的是什么话。下面我将她每一期的情况说一说：第149期是溪悦第一次出场，这天她穿的是一件紫色的川久保玲的套装，共出镜了4次，第一次是主持人让她这位新上场的女嘉宾做自我介绍……

在2号男嘉宾的介绍声中，镜头切换到了现场的观众，很多观众感动得流下了眼泪……

溪悦的同事们在电视机前也感动得热泪盈眶。特别是那些长相平平的单身男女，大受鼓舞，情绪激昂，都说也要马上去报名参加《心诚则灵》。溪悦的父母在家也看到了这期节目，他们为女儿高兴，灰姑娘也有春天，女儿总算有了爱她的人。

这一期的收视率创下了又一个新高。那几天,商场、超市、菜场等公共场所,好多人谈论的话题是《心诚则灵》。溪悦更是成了名人。

溪悦一回到公司,就被同事们包围了,纷纷祝贺她,要她请客,并要她把那天的经过讲一讲。可是溪悦却没有大家预想的那样眉飞色舞,她很平静地说,你们都在电视里看了,就那样……

回到家中,父亲和母亲迎上来,母亲笑眯眯地看着女儿说,哪天把那男孩子带回家吃顿饭……

溪悦打断母亲的话说,爸妈,你们千万别当真,电视上的那一幕是导演提前编排好了的,我和那男嘉宾只是按要求演一演罢了……

溪悦拿出一沓钱说,爸妈,对不起,让你们失望了,给,这是我演出的报酬,2000元。

电视台怎么能这样……电视台怎么能这样……溪悦的父亲愤愤不平。

爸,您别生气,就当看娱乐节目,下期还有女嘉宾表演当场晕倒呢,再下期还有男嘉宾表演抱起女嘉宾就跑的呢……

网 友 来 家

网友伟山特地从省城赶来看我,他事先也没通知一声,搞得我措手不及。

我和伟山是在一家文学网站上认识的。相同的爱好让我们有了共同的话题。每天上网只要一看到他的头像亮着,我就会发过去一个握手的符号,他马上就会回复一个抱拳的符号,接着我们就开始无主题聊天,当然聊得最多的还是文学。一天,伟山说:"我自费出了一本小小说集。"我马上说:"恭喜兄弟!可得送一本我学习收藏哦!我买了一个大书柜放在书房,还有两层空着,就等着朋友们的书籍来充实呢。"

几天后伟山给我寄来了他的一本小小说集。一来二去，我们就成了最好的网友。

网友第一次见面，而且是来家里，怎么着我也得好好招待招待。伟山来时正是中午吃饭的时候，我要带他到外面酒店去吃。伟山不同意，他说，就在家里吃家常便饭还显得亲近一些。

饭还没熟，妻子还在炒菜。这当口，伟山提出要看看我的大书柜，我带他来到了书房。伟山站在我的书柜前看着，看了一会儿后，他说："对了，我给你的那本书还没签名呢，"他笑了一下，"保不准我哪天成了全国著名作家，那签了名的书就会身价百倍哟。快，拿来，我补签。"

我在书柜的藏书中仔细搜索了两遍，也没找到伟山赠送给我的那本书。我也记不清把它放在了哪儿了，我编了一句谎话说："抱歉，你的书太好看了，我记起来了，被一个朋友借去阅读还没还给我呢！"

伟山说："不要紧，回去后我签上名再寄你一本。"

"好啊，我一定好好珍藏！"

这时，妻子喊吃饭了。我拉着伟山来到餐室。妻子弄了一个羊肉火锅。我拿出了一瓶好酒。就在我开酒时，我发现伟山的眼睛紧紧地盯着火锅架子下的一个垫子。

"别看了，我们哥俩喝酒。"我倒了一杯酒递到了他的手上，"来，为了我们的友谊天长地久，干杯！"

在我们以前QQ聊天时，伟山曾说，哪天我们有机会相会，一定喝他个一醉方休。可是，不知为什么今天他喝得勉勉强强的，似乎心思游离在酒桌之外。

临走时，伟山说："我看中了你家一件东西，我想请你送给我。"

我开玩笑说："说吧，什么东西？除了老婆，都可送你。"

伟山说："就是你家火锅下的那个垫子。"

这时，儿子在一旁插话了："爸爸，你等着，我去拿给叔叔！"

儿子拿来了："给，叔叔，你要的就这本我家用来垫盘子的破书吗？"

我目不转睛地看着那本书，头上的汗一下冒出来了。

那正是伟山送给我的他的那本小小说文集。

耳　背

我和谭来是大学同学，毕业后一起考上了公务员，又一起分在了县文联工作。我主要负责文艺创作方面的工作，谭来主要负责文艺理论研究方面的工作，我两的职务都是县文联副主席。

我们办公室右边隔壁是宣传部副部长老华的办公室，谭来有空爱去和老华聊天。谭来的听力很好，当有人来找他时，我小声喊一句："谭来，有人找你。"他在隔壁就能听到。我两的关系不错，我们互相之间说话时都是直呼其名，我叫他谭来，他叫我火焰。

上个月干部调整，老华调邻县任职去了，谭来晋升为了宣传部副部长，顺理成章地搬到了右边的办公室。我有什么事时仍然在这边喊一句"谭来"，他在隔壁就会答应。可是，突然有一天我喊了他老半天，就是不见他应声，我以为他不在办公室，我起身到隔壁一看，他正仰靠在办公椅上优哉游哉地看报纸。我问他："谭来，我刚才喊你几句，怎么，你没听见吗？"

谭来说："不好意思，这几天我有点感冒，导致耳朵有点背。"

也许这家伙说的是真话，后来有几次我在上班途中看到他，喊他时他同样没听见。

我和一个同事说起了谭来近来耳背的事，同事说："谁说他的耳背了，他的耳朵灵着呢，不信，你这样试试……"同事教给我一个方法。

上班后我决定检验一下，我在办公室声音不大地喊了他一声，隔壁马上响起了谭来的应答声，随即他还手捧茶杯笑眯眯地来到了我的办公室。

呵呵，同事教的方法果然有效：这次我没喊他"谭来"，我轻轻喊了他一声"谭部长"。

意 外 获 奖

团风县书法家协会决定举办一次毛笔字书法大赛。

大赛启事通过县电视台发出后，报名空前踊跃，通过初赛，最后有50名选手进入了决赛。按照决赛规则，选手需当堂书写，写好后不署名，由专门负责的工作人员编上序号，再交由从省里特聘来的5位著名书法家评选，综合5位评委的分数排名，当堂决出名次。一切公平、公正、公开。

比赛地点设在县政府门前的市政广场上。县电视台全程跟踪报道。这次比赛很人性化，工作人员只需准备好桌椅就行了，书写的笔墨由选手自带，还有一个与以往历次比赛最大的不同之处是，不要求选手一定要将字写在宣纸上，写在什么上由选手自定，可以写在布匹上，可以写在木板上，可以写在玻璃上……

尽管这天太阳很毒，但丝毫没有影响选手们参赛的热情，大家都挥毫泼墨，超常发挥，把自己平时练习的最满意的字呈现给评委。

一个小时后，所有的参赛作品就都交到了工作人员手中。在公证处的公证下，在电视台的镜头下，工作人员将书法作品收齐整理排列好后，评委们陆续进入现场，当堂打分。记者的镜头前，评委们拿着一张编有序号的表，对照相应作品在凝神观看品评打分。已经退到了场外的选手在焦急地等待着结果，前来观看的观众也凝神静气地期待着看看花落谁家。

评委们整整用了两个小时，才完成了打分工作。工作人员在开始统分。

不一会儿，统分结果交到了县书法协会主席，也是这次书法比赛的组委会主任老林手中。所有的目光包括记者的镜头都对准了老林，老林站在广场前的升旗台上，清了清嗓子，开始宣布获奖名单。

令人不可思议的是，总分名列第一名的竟是不怎么会写字的县撤迁办主任老李。

更令人惊奇的是，老李的获奖作品。只有一个字。

县电视台及时采访了老李，请他谈谈平时是怎样练习书法的。老李也没有想到自己的字能获得第一名，他激动地说："我也没怎么练习，就是平时带着一帮人，拿着一个大号毛笔，蘸着红油漆每天在墙上专门写同一个字。"

记者问："那是一个什么字呢？"

老李搔了搔头发，显得有点不好意思地说："请你们看看我的获奖作品就知道了。"

记者以及现场的很多选手和观众，来到了获奖作品前，瞪大了眼睛。

老李的获奖作品是写在一块水泥板上的一个字：拆。

换　　位

戴达没别的爱好，就是爱好文学，不时有豆腐块作品在市日报上发表。

李飞也没别的爱好，同样是爱好文学，也不时有豆腐块文章在市日报上发表。

他两在同一所高中教书。共同的爱好让他们成了朋友。他们不时聚在一起谈谈文学，交流交流写作的体会和经验。戴达有文章发表送给李飞看看，李飞有文章发表也送给戴达看看。在教师们眼里他俩亲如兄弟。

然而，戴达的成绩总没有李飞大。渐渐地他俩的距离越拉越远。李飞大作频发，已冲出了本市，加入了省作协，而戴达还在原地徘徊，始终没有跳出本市的那块小天地。戴达见了李飞心里酸酸的，再没有原来那么融洽的感觉。戴达总感觉到低李飞一等。

戴达没想到更大的刺激还在后面。市教育局相中了李飞，把李飞提升为了学校校长。

这件事对戴达触动很大：他李飞能借文字飞黄腾达，我戴达为什么就不能借文字有同样出息呢？戴达有了目标和动力。戴达每天白天的空余时间看书学习，晚上就拼命写作。功夫不负有心人，不到一年，戴达的作品满天飞，还多次获得各类征文大奖。戴达也因此加入了省作协，成了全省小有名气的作家。戴达再在校园见到李飞时，比李飞还有神气，不时拿着发表有自己作品的样报或样刊送给李飞阅读。开始李飞还连声说着"祝贺"之类的话，后来渐渐地不冷不热了。

这一年多，李飞几乎没动键盘写过一篇文章，即使写也不是文学作品，而是应付上级的一些计划、总结和发言稿之类。按说，戴达有了成绩，李飞应该高兴啊，可是不知为什么，李飞心里越来越不是滋味。

一次，在全校教师会上，李飞语气严厉说，我校有少数人，把心思不放在教学上，不务正业，这是对学校，对家长，对学生极不负责任的表现……

李飞尽管没指名道姓，任教师们一听就知道是说戴达的。戴达当然不会迟钝到不知校长在说谁。后来，李飞还暗示教导主任，严查戴达的备课和作业批改情况，找出了一些小的漏洞大做文章，严厉批评。

戴达并没有因此放弃写作，依然是那样勤奋。但戴达学精了，他特地叮嘱邮递员凡见他的邮件和稿费单，再不要送到学校，直接送到他爱人的单位。而且，戴达从不把刊有自己作品的报刊带到学校。以前每发表一篇作品，戴达就在博客上贴出来，现在连博客也关闭了。好在学校教师一般都没订文学杂志，虽然戴达照样经常有作品发表，但他们都不知道。李飞也以为戴达偃旗息鼓了，没再把眼光盯在戴达身上。

两年后，戴达悄悄出了一本书。而李飞却因为开学乱收费，触到了政策的高压线，被撤除了校长职务。

教育局通过考察和民意测验，任命戴达为校长。

戴达坐到了李飞坐过的位置上，而无官一身轻的李飞又捡起了文学。

教师们在心里说：这一换位，故事还会重演吗？

长 寿 秘 诀

林丽躺在客厅里的沙发上看电视。她从昨天的广播电视报的预告上获知，马上将播出的是《健康生活》节目，这期节目将请到一名资深专家，围绕长寿的话题给大家支招。林丽一向关注健康，她希望全家人长命百岁。

一段广告后，节目开始了。主持人说："普及健康知识，提高生活质量。观众朋友们欢迎大家收看《健康生活》。今天我们给大家聊一聊健康长寿的话题。健康长寿到底有没有秘诀呢？本期节目我们为大家请来了中国科学院生命科学研究专家邵教授。下面让我们用热烈的掌声请出邵教授！"

画面上一位精神矍铄的老人出场了。

"邵教授。请你给我们现场的观众和电视机前的观众，谈谈要想健康长寿，在我们日常生活中必须注意些什么，好吗？"主持人把麦克风递给了老人。

"好吧。"邵教授面带微笑，慈祥可亲。

林丽聚精会神地盯着屏幕，看着邵教授。

邵教授说："曾经有很多朋友问我，健康长寿到底有没有秘诀呢？我这里要肯定告诉大家：有。第一个秘诀是……"

这时，客厅右侧的副卧里传来了一个苍老的声音："林丽，倒点水给我，我口渴了……"

这声音打搅了林丽的兴致，她不耐烦地吼了句："喊什么喊，你没看我正忙着吗？"

邵教授在说什么，林丽没听清楚，她一下把电视机的声音调大了很多。

"……饮食习惯固然重要，还有一个关键是每天要保持一个良好的心态……"邵教授在讲着。

"林丽，你把电视的声音调小一些……我心脏受不了……"那个苍老的声音又从副卧里传来。

林丽一听就火了，骂了一句"嚎什么嚎，受不了就去死啊，你个老东西，今年82岁了还不去见阎王……"

"你你你……"接着听见杯子摔到地上的刺耳的响声。

林丽一下弹了起来，拖鞋也没穿，跑进副卧吼道："你个老不死的，砸坏了我的地板砖，我是不会饶你的！"

副卧的一张窄窄的小床上，半躺着一位面容憔悴的老人，她是林丽生病卧床不起的婆婆。

"你你你……"婆婆指着林丽，枯瘦的手在颤抖，"杯子是我不小心……"

"我什么我……"林丽的声音一下高了八度，"我看你就是故意的。还不起来跟老娘把地上的碎片弄干净！"

"我……我……我要喝……水……"婆婆闭着眼睛在喘息。

"长寿的第三个秘诀是……"客厅里邵教授的声音很响亮地传了进来。林丽狠狠地横了婆婆一眼，又跑向客厅。

林丽自言自语："这么有作用的节目没看着，就怪这老乞婆！"

邵教授还在讲着，林丽自己也觉得电视的声音太大，有点炸耳，她把声音调小了。

电视机的声音一小，婆婆的声音就清晰传了进来："林丽……林丽……我要喝水……"

林丽又吼了一句："老东西，你就不能等会儿，让我把这个节目看完。"

林丽跳起来跑过去关上了副卧的房门，这才听不见婆婆的声音了。林丽坐下来紧盯着邵教授。

"其实，还有最重要的一点：晚辈的孝顺是健康长寿的关键……"

林丽一怔。邵教授在像拉家常一样地说着："你们想想啊，当你活到八九十岁的时候，如果晚辈们不孝顺你，到时你躺在床上，连口水都喝不到，这长寿还有意义吗？……"

林丽愣在那儿，感觉有什么东西在撞击她的心。她直直地看着邵教授，感觉脸在发烧，邵教授后面说了些什么，她一句也没听进去。

林丽关掉了电视，她知道接下来该做什么了……

犯　　傻

海冰本来很喜欢红色，可是由于某种原因，他对红色竟产生了恐惧感。海冰明白那是因为他害怕看见请柬的原因。

望着客厅茶几上的几张鲜红精美的请柬，海冰感觉到脑袋在慢慢变大。这几张请柬给他带来的唯一好处是：这几天老婆阿惠回了娘家，中餐不用自己动手弄饭，直接到请柬上写的酒店去就行了。但那随礼的钱却让海冰心里发紧。五百多号人的单位，隔不了几天就有人送来请柬，不是张三的儿子结婚就是李四的女儿出嫁，不是王五的女儿考学，就是赵六的父亲做寿……这请柬都发到了家中，都是一个单位的同事，低头不见抬头见，你能不去吗？海冰想起了孔子说的一句话:苛政猛于虎。但海冰把这句话改了,改为:请柬猛于虎。海冰想,这样下去真是承受不起,得等老婆阿惠回来后想个办法,尽量避免接到请柬。

还有一张请柬没吃完时,阿惠就回来了。阿惠一进门就高兴地说:"我回来时路过街上的服装超市,进去逛了逛,看中了一件女式套装,正在打折销售,原价800,现价350,我想去买下,你手里还有没有钱?"海冰说:"钱到是还有500元,可是那是留给女儿在学校吃伙食的,再说明天还要去随个礼,还不知这几天有没有请柬来。"

阿惠脸上的笑容没了,她随手拿起了茶几上的一张请柬盯在上面问:"这家去了吗?"海冰一看那名字刚好是没吃完的那张,海冰说:"明天去。"阿惠放下请柬,一边摇头一边说:"不去行吗?"海冰也摇头:"不行啊,你没听过这句话吗,翻墙躲债主借债赶人情。"

晚上,海冰和阿惠夫妻俩仍然在想着请柬的问题,话题自觉地聊到了怎样尽量避免接到请柬。

他两想了很多办法,比如,海冰找单位请求出差,阿惠回娘家去住一段时间;海冰就说病了,请一个月的病假到外地治病,阿惠一起去照顾他……但仔细想想都不切实际,躲得了初一躲不了十五。夫妻俩躺在床上烙着烧饼,就是没想出一个可行性的办法。

墙上的挂钟敲了12下时,他两还在嘀咕。突然,海冰在被窝里挠了一下阿惠,兴奋地说,我想到了一个好办法?

"快说,什么办法?"黑暗中阿惠瞪大了眼。

"下个月不是我们女儿过10岁的生日吗?我们从明天起放话出去,我女儿做十岁不请客,这样那些想请我们的人看到我们不请他,他还有意思送请柬来吗?"

阿惠闭着眼睛好半天没说话。海冰问:"你说话呀,这样行吗?"

阿惠这才说:"行到是行,可是,我们以前给出去的那么多礼,岂不收不回来了?"

这个问题海冰不是没有考虑过,海冰说:"为了以后不再转入人情债的漩涡中，前面赶出去的那些钱就当买了彩票没中奖吧，毕竟还有人情在。"

阿惠没再说什么，夫妻俩达成了共识：明天起放话出去，女儿10岁生日概不请客。

第二天，海冰就在单位放出话说女儿做10岁不请客。阿惠上街买菜遇到熟人也说着同样的话。

没想到这一招还真见了效果，几天后有两个认识但没打多少交道的同事，一家乔迁新居，一家媳妇生孩子就没发请柬给他们。

日子过得很快，女儿的十岁生日来了。海冰和阿惠商量，一个宝贝女儿做10岁也不能太简单，还是要到酒店去庆祝一下，把几个平时两家关系比较好的人接几个，热闹热闹。

可是接谁又不接谁呢，这让海冰又为难了，那些平时关系差不多，接一个不接一个，岂不让人说三道四？

阿惠很细心，以前赶了人家多少礼都有记载，她拿出随礼的名单一个一个地看着，阿惠也在小声嘀咕："谁该接，谁不该接呢？"看着看着，她的注意力却转移了，不再看名字，而是看名字后的数字。阿惠粗略地计算了一下，这几年赶出去的礼钱竟然有4万多元。阿惠心里一惊，这4万多元要是都收回了，如果不作他用，仅仅留着以后用来随礼，岂不是可以管上几年？阿惠突然感觉到女儿做10岁不请客收礼是比傻子还傻的行为。

阿惠向海冰说了自己的打算，海冰心里的算盘一拨拉，觉得老婆说的话还真有道理，也顿时感到当初放出那话是脑袋进水后犯傻的表现。

第二天，海冰就买回了16开的大红请柬，照着单位办公室拿回的名单，把认识的或不很熟悉但打过交道的人的姓名一一地填写到了请柬上。再看那一片鲜艳醒目的红色，海冰的恐惧感消失了，反而竟然有一种说不出的亲切感。

女儿10岁生日那天，高朋满座，喜气洋洋……

梦 想 成 真

华沙爱好书法，华沙的最大梦想是成为著名书法家。

华沙办公室和家中书房的案头随手备有毛笔、墨汁、草稿纸，他一有空就练习毛笔字，不是临摹字帖就是自由书写。华沙最喜欢临摹当代著名书法家启功的字，几乎达到了以假乱真的程度。有次他将自己书写的一首七言绝句，与启功的同样一首七言绝句都拍成照片，请本市几位小有名气的书法家辨认，他们硬是不能作出判断。单位上的人也都喜欢华沙的字，很多年轻人结婚时，新房门前的对联不去买书店那印制精美的成品，而是请华沙手书，他们说华沙的字极具韵味，飘逸灵动而又富有喜气。

可是，也不知为什么，华沙参加了几次全市书法大赛，他的字就是入不了那些评委的法眼，除了得这一次具有安慰性质的优秀奖外，从没得过一、二、三等奖。看了很多获奖作品，华沙感觉到自己的字并不比别人差，可就是获不了奖，这对他多少是一种打击。

渐渐地华沙对书法的兴趣淡了下来，不再经常练习了，偶尔写上几笔。后来华沙辞职经商去了，再也没有时间练字了。华沙投资开办了一家"利万家超市"，他把心思一门脑扑在了超市上，经过几年的辛苦打拼，他已成为了拥有5家分店的身价过千万的老板了。

在华沙几乎忘记了自己曾经是个书法爱好者时，市书法家协会发来了邀请函，邀请他加入了市书法家协会，并担任协会副主席。尽管华沙不再写字，但却经常有人上门求字。那天他家乡的一所小学校长来了，说是教学楼落成，恭请他题写校名。华沙好几年没写毛笔字了，提起笔就感觉到手没以前那样运行自如，连写了几张都感觉不满意，最后只好挑了一张自认为是那几张中最好的一张，交给了校长，当然交到校长手里的还有10万捐款。

随后，省、市举行的几次毛笔字书法大赛，华沙在举办方的盛情邀请下都参赛了，令他没有想到的是，他随手挥就的书法作品都获得了大奖。华沙终于梦想成真了，报刊电视等媒体宣传介绍他时，在民营企业家的头衔后又多了一顶桂冠：著名书法家。

可是，华沙却怎么也高兴不起来……

华沙知道，那些大赛赞助企业的名单里有他的"利万家超市"。

太极高手

听人说练太极拳能强身健体，老邵很想学学，但由于工作繁忙，一直抽不出时间。

机会终于来了。老邵他们一行要到湖北武当山旅游。武当山是太极拳的发源地，那里无疑是学习太极拳最好的去处，到时侯一定要请太极高手手把手地教教。

老邵他们运气真好，当他们来到武当山时，山下的武馆里正在开展免费教学太极拳的活动，游客们可以随到随学。

老邵决定先进武馆观摩观摩，看看难不难学。武馆里有一大群人正在兴致勃勃地练习，野马分鬃，白鹤亮翅，一招一式，刚柔相济，有一个颇有仙风道骨的白须飘飘的老者在列队中巡视，不时纠正一下某个学员不规范的动作。待他们全套动作练完后，老邵来到老者面前，说出了自己想学太极的打算，并问老者一天的时间能否学会，老者说："这得看各人的悟性，悟性强的人一天就能学会，悟性差的人恐怕就要多学几天了。"

老邵一行二十多人都愿意试一试。于是他们报了名。老者让他们第二天再来，并说将由他单独授课。

第二天，老邵他们一大早就来到了武馆。老者早已起床，在武馆门前练功。

老邵急切地想让老者马上开始示范教学，老者却说："先别急着练动作，我们还是先花半个小时讲解一下理论知识，有了理论知识作指导，再学具体动作就容易多了。"

老邵他们规规矩矩地坐在武馆门前的草地上听老者讲解。

老者讲起课来就像一个大学教授，老者说："学好太极并不难，主要掌握三个字的要领：第一是推，第二是拖，第三是拉……"

大家都聚精会神地倾听着，老邵越听越兴奋，他觉得"推，拖，拉"这个三字要领似曾相识，一点儿也不难领会，一点儿也没有陌生的感觉，甚至有一种亲切感……

老者讲完后，就开始一节一节，一个动作一个动作地分解示范教学。

老邵学得最快，以至于老者还以为他曾经练过太极。

老者问老邵："看来你不是第一次接触太极拳，你以前一定学过吧？"

老邵说："我以前除了在电视里看见有人表演过外，从来没接触过太极。"

"哦，但从你学起来这么轻松这么快这么得心应手上来看，你深得太极'推，拖，拉'三字之精髓。"老者向老邵投来赞许的目光。

老邵看到老者当着这么多人的面夸奖自己，立刻兴奋起来，他不无自豪地说："这得益于我的工作，因为我经常在工作中运用这三个字……"

老者奇怪地问："请问，你是干什么工作的？"

老邵嗫嚅了半天，不知怎么回答，还是和他随来的一个小青年代他做了回答："他是我们的领导。"

老者一听，意味深长地笑了："哦，真是山外有山人外有人！"

修　路

　　我家的房子在镇小学东边一里多路远的地方。孩子们上学、放学都要从我家房子旁边经过。我家房子旁边有一块一百多平方米的菜地，菜地的旁边就是家在东边的学生们每天的必经之路。妻子很爱惜这块菜地，每个季节都要种上时令蔬菜。可是，令人恼火的是，下雨过后那几天，学生们上学、放学时宁可绕远一点，也总爱从我家菜地里对角线穿过，有时把刚刚栽下的菜苗踩倒，有时把刚刚播下菜子的地踩实了。

　　我和妻子每天中午都在单位食堂吃饭，学生们看见我家大门锁着就知道家里没人，就会肆无忌惮地从菜地中穿过。我和妻子想了很多办法制止，比如，妻子到学校找校长投诉；我在菜地旁边插上"严禁从菜地中穿过"的牌子；请邻居帮助照看一下……但效果都不是很明显。

　　这天，我乡下的父亲来我这里住两天。刚好头天星期天妻子在菜地里栽下了番茄、辣椒和黄瓜秧。妻子说："你去跟父亲说说，让他帮我们看两天菜地吧。"我跟父亲一说，父亲很乐意地答应了。

　　父亲守了一天，第二天他说："不用守了，孩子们不会再踩菜地了。"

　　我和妻子不相信困扰我们多时的问题真的会被父亲轻而易举地解决了。父亲把我和妻子带到菜地旁边，父亲让我俩看旁边的路。我们一看，旁边的路不知什么时候被填高了，比我家的菜地还高。我问父亲："这是你干的？"

　　父亲说："是啊。昨天我到这儿一看，就知道孩子们舍近求远穿菜地的原因了。这条路的地势比我家的菜地略低，因此每次下雨后路上的积水好几天都干不了，所以他们只好走比较不会弄湿鞋子的菜地了。我昨天上午捡来了一些废砖头把路铺高了一层，下午又到学校食堂拖了几斗车煤渣铺在了上面。现在正路好走了，谁还会舍近求远走歪路呢？"

我对父亲竖起了大拇指，问道："你是怎么想出了这么好的办法的啊？"

父亲说："道理很简单：其实，很多时候关照别人就是关照自己啊！"

刘教授讲课

市作协定于三天后在秋春县八江旅游风景区举办一次市重点作家培训班，我正在感冒发烧，头晕病了本来去不了。但听说我省文学院著名诗人刘耀强教授要亲临授课，我立马感觉到病好了一半，我决定去。

早在10年前，我就听过刘教授讲课。那时我还是一个文学启蒙青年，酷爱写诗，但一直是在黑暗中摸索，不得要领。是刘教授的那次讲课让我找到了写诗的诀窍。刘教授那激情飞扬的讲课情景我还历历在目，我的脑海里还能浮现出刘教授讲到动情处那摇头晃脑的样子。我还记得刘教授那次讲课的主题是：生活·思想·艺术。

我对刘教授那次讲的两个诗歌的例子还记忆犹新。第一个例子是叶文福的一首小诗《火柴》：可怜一家子，百十来口，挤一间没有窗门的斗室，个个都渺小，渺小得全家一个名字。但是，个个都正直，站着是擎天柱的缩影；躺下，是一行待燃的诗，每个人都有一颗自己的头颅。每人，一生只发言一次……第二个例子是一首无名小诗《筷子》：一对患难夫妻，尝尽了人生的酸甜苦辣……最后刘教授总结说：什么是诗？诗就是从思想的悬崖上跌出的生活的浪花……

多么生动的例子，多么精辟的总结啊。我把刘教授的讲课内容全部记录下来了。

其后，盼望着盼望着，盼望着能再次聆听刘教授的讲课，可是一直没有机会。这么好的机会来了，我岂能错过？我找出当年的笔记本带上，三天后准时赶赴蕲春参加了培训班。

开班仪式过后，就是刘教授讲课。我特地坐在第一排。10年过去了，我想刘教授一定会带给我们新的事例，新的见解，新的思想。

刘教授在热烈的掌声中出场了。他还是像10年一样精神抖擞，只是鬓角有了白发。我打开笔记本准备随时纪录刘教授讲的每一句话。

刘教授面带微笑开始讲课了。一段开场白过后，他说，我今天讲课的主题是：生活·思想·艺术。我刚一落笔就愣住了，这话怎么耳熟？这不就是10年前他讲过的一个话题吗？马上掏出10年前的笔记本翻看起来。刘教授还在激情飞扬地讲着，滔滔不绝……刘教授在举例：请听叶文福的一首小诗《火柴》……请看一首无名小诗《筷子》……我一下兴趣全无。我就那样呆呆地一会儿看着激情飞扬的刘教授，一会儿紧盯着10年前的那个笔记本上文字……我左右看了看，其他学员都在埋头记笔记，就是我没有动笔。

一个小时后，中场休息一下。别人都上厕所去了，我还坐在哪儿发呆，刘教授可能想了解一下我们对他讲课的评价，就微笑着问我，我讲得怎样？我说，很好，很熟练。刘教授又问，我刚才看见他们都在记笔记，怎么没见你动笔记？

我说，10年前我就记了。然后把那个笔记本递给了刘教授。

刘教授接过笔记本翻看，看着看着脸上的笑容不见了。

下半场，刘教授无精打采像病了一样，课讲得结结巴巴有气无力，那飞扬的激情不知跑到哪里去了。

换 位 子

　　幼儿园大班的舒老师怎么也没想到，调换座位这样的小事竟让她头疼不已。

　　让她头疼的是靠门口的一个座位。冬天，这个座位可以说是整个教室里最差的位子。上课前，下课后，孩子们关门开门出出进进，都有一段冷风吹进来，这个座位上的孩子没有一点缓冲的余地，直接兜头喝风。

　　坐在这个座位上的是一个名叫虎子的男孩。一天下雨虎子的父亲送伞来，门打开后，他看到儿子一个激灵颤动了一下，很显然是被门风吹的。虎子的父亲当即脸上就挂上了霜。虎子的父亲和舒老师是高中同学，他当天晚上就找到舒老师家，半开玩笑半认真地说："老同学，你也太不关心我的儿子了吧，不看僧面看佛面啊……"舒老师马上说："对不起，老同学，是我的失误，我怎么会不关心你的儿子呢？这个很容易，我明天就换。"

　　第二天，舒老师将一个叫小雅的女孩换到了那个座位上。

　　一天无事，两天无事。第三天晚上园长亲自找上门来："小雅是我老公的一个好朋友的女儿，身体很差，你能不能关照一下，给她换一个位子？"

　　舒老师忙不迭地说："对不起，园长，是我的失误，我明天就给她换个位子。"

　　第二天，舒老师将一个名叫黑皮的男孩换到了那个位子上。

　　当天下午问题就来了。黑皮的父亲是镇上的一个不务正业的混混，他气势汹汹地来到幼儿园，质问舒老师："凭什么就该我儿子坐那儿？我儿子今天要是病了,可别怪我不客气。"舒老师知道惹不起,满脸赔笑说马上解决。

该把谁换到这个座位上呢?有了前面的教训,舒老师再也不敢随便拉一个孩子了事。舒老师把班级学生的花名册拿在手中,一个名字一个名字地点着:这个孩子父亲是镇里的干部,这个孩子母亲是我的熟人,这个孩子是老公的顶头上司的外甥女,这个孩子的父亲是个财大气粗的小老板,这个孩子的舅舅是教育局副局长,这个孩子的叔叔与黑道上有牵连……该把谁换到那个座位上去呢?舒老师感觉头在发胀。舒老师的手像弹钢琴一样在名单上几个来回后,最终落在了一个女孩的名字上,女孩名叫二花。名字后家长职业一栏填的是:在家务农。一个在家务农的农民总不会有什么背景吧?

第二天,二花就坐在了那个位子上。

一个星期过去了,没有什么事。正当舒老师为自己的正确安排庆幸时,问题来了:二花辍学了。幼儿园有明确的奖惩制度,每流失一个孩子就扣除班主任500元。为了钱,舒老师亲自上二花家的门,承诺换位子,请回了二花。

把谁换到这个座位上去呢?舒老师的目光在孩子们的身上一一扫过,当她看到自己的儿子时,顿时感到眼前一亮,儿子也在自己的班上读书,对,就让儿子坐那个位子,再也不会节外生枝了。

儿子坐到了那个位子上。

谁曾想当天晚上就有人打电话来了,而且语气毫不客气,斩钉截铁:"你怎么连自己的儿子都照顾不好?明天必须把儿子从那个位子上换下来。"

原来儿子晚上偷偷地给出差的老爸打了一个电话。

这下,舒老师彻底不知道该怎么办了。

第六辑 / **快乐驿站**

可别小看这破锣

我的睡眠质量不高，每天夜晚总爱醒来一两回。

有时睁开眼窗外很亮，就以为快天亮了，慌忙火急地爬起来去晨练，结果抬头看天，一轮明月高挂头顶，这才知道离天亮还有很长一段时间，赶忙回到床上，又睡了一觉。这样的次数多了，我就意识到必须买回一个时钟，以便晚上醒来时好掌握时间。

我把这一任务交给了妻子，嘱咐她下午下班时顺便在商城捎买回来。

妻子下班回来了，手里拎着一个编织袋。我迎上前问："叫你买的钟呢？"

妻子一指地上的编织袋说："钟就这在里面啊。"

我解开系口的绳子，拿出来一看，立刻又好气又好笑地说："你是不是脑袋在路上被驴踢了，这是什么钟啊，这不就是一口破锣吗？"

"没错，它就是一口破锣。"妻子说着，还踢了它一脚。"哐……"破锣发出刺耳的响声。

我莫名其妙："叫你买一个时钟，你买回这么个破玩意儿干什么？"

妻子洋洋得意地说："你知道时钟多贵吗？最便宜的要80多元，而这个破锣是我从一个要猴人手里买的，只要10元。"

我哭笑不得："莫说10元，就是白送给我们也没用啊，请问老婆大人：它能报时吗？"

"嘿嘿……"妻子得意地一笑，"可别小看这破锣，它就是能报时。"

我讥讽地一撇嘴："现在是什么时候，你让它报给我听听。"

妻子说:"甭急,等晚上你醒了,它就能报时。"

我越想越觉得妻子是在讲童话故事。睡下后,望着那被妻子挂在墙上的破锣,我不禁笑出了声:"我倒要看看这破锣的神奇之处。"

半夜,一觉醒来。我推醒了身边的妻子:"喂喂,我醒了,你让破锣报个时间我听听。"

妻子立即爬起来,拿来一个小鼓槌,照着那墙上的破锣用力地敲了两下。

我竖起了耳朵听着。

这时,只听一墙之隔的邻居家,传来了一个女人的吼声:"谁在发神经啊?这半夜1点45分敲锣,还要不要人睡觉?"

"你知道现在是什么时候了吧?"妻子不无得意地说。

我爆笑到天亮。

老 公 买 鞋

一天,老公一回家,就兴冲冲地说:"今天逛超市看见很多人在抢购一种式样很新颖的女式皮鞋,我也给你抢了一双!"

看到老公从尼龙袋里抖出的鞋盒,我也高兴起来,因为昨天上街我也在超市看中了这个品牌的鞋,可就是那价格让我望而却步,每双500元。

我心里喜滋滋的,口头却数落起老公来了:"500元啊,这么贵你也舍得买,还打不打算过日子?"

老公没理会我,径自拿出鞋说:"来,穿上试试,看大小合不合适。"

拿过老公递来的鞋,穿上了左脚,不大不小正合适,可是在穿右脚时傻眼了,怎么也穿不进去,再看鞋码,整整小两号,女儿穿才合适。

这下我来气了："你做事一向毛毛糙糙的，怎么不看清楚呢？这下可好了，花500元，买个一大一小的鞋，说出去还不让人笑掉大牙。"

老公蔫蔫地说："娘子别急，我明天就去调换！"

可是，第二天一大早老公被单位派去武汉出差了。换鞋的任务只有由我来完成了。不凑巧的是，我老爸打来电话说老妈生病住院了，要我过去照顾几天。换鞋的事就这样拖了下来。

老公出差回来时，我还在医院照顾老妈。我想起了那双鞋，就对老公说："你去把那双鞋换了吧。"

老公说："我上午已经换了，顺带还有个意外的惊喜。"

我忙问是什么意外惊喜，老公在吊我的胃口："暂不告诉你，等你晚上回来再说！"

晚上，我回到家里，老公正在厨房弄饭，女儿迎了上来，女儿把她的脚往我面前一伸说："看，这是什么？"

我一看，正是女儿穿着的正是老公买给我的那双鞋。我问："你老爸把鞋换成了你的了？"

女儿扮了一个鬼脸，转身从鞋架上又拿出一双一模一样的鞋说："给，这是老妈你的！"

这时，老公出来了。我说："叫你换鞋，你怎么又买一双？"

老公说："这就是意外惊喜。我去换鞋时，看到超市鞋柜前写着：处理残品鞋，每双50元。我拿起一双一看正是几天前我给你买的那个品牌的鞋，一大一小。于是我毫不犹豫地买了下来，回来刚好凑成了两双，你一双，女儿一双……"

招　聘

　　环球宇宙公司欲招聘一名总经理助理,由总经理亲自出马来到了人才招聘市场。当招聘展台前打出"年薪20万招聘总经理助理一名"的横幅时,展台前马上被围得水泄不通。但很快一个个应聘者被问及的同一个问题吓退:"你能有办法在10分钟内召集一万人到我们公司门前集合吗?"

　　一上午的时间快过去了,还没有人说过一个"能"字。

　　正当总经理准备撤除展台改天再来时,来了一个戴眼镜的小伙子,小伙子很爽快地说:"总经理您先回去等着吧,我保证在10分钟之内,你们公司门前会有一万人。"总经理半信半疑地走了。

　　总经理回到办公室屁股还没坐热,公司门前就人声鼎沸,总经理探头一望,公司门前的广场上是黑压压一片人影晃动。总经理马上打电话给人力资源部经理:"告诉那个小伙子,他被录用了,速带他来见我。"

　　小伙子来了,总经理说:"小伙子,你太有号召力了!请问你是从什么地方一下找来这么多人的?"

　　小伙子说:"很简单,我卷起你们的招聘横幅,在旁边的一个人才招聘市场挂了出来,然后用高音喇叭广播喊话:想应聘的人,请跟我走。于是,他们就都跟来了。"

此人不是你

二屄一向爱和人打赌。那天上午他和同事们上街，路过照相馆时，二屄说："你们信不信，我要这家照相馆的老板，给我照张相，而我可以不付钱？"

同事们也正闲着没事，就同他赌上了，大家都说不信。

"好，假如我真照了相不付钱而离开了，你们请我一桌酒。"二屄满有把握地说。

"算数。一言为定。"同事们异口同声地回答他。

他们一行走进了照相馆，二屄高声喊道："老板，来给我照张相。但我有个条件：如果我认为不像我，我就不会付钱的。"

老板说："好，没问题。照完后你到其他地方转转，两个小时后就可来取。"

相照完后，二屄和同事们到商场、超市闲逛打发时间去了。中间二屄偷偷离开了一会儿，回来时头上多了一顶帽子。两个多小时后他们回到了照相馆。

老板拿出已经冲洗好了的照片，交给二屄看。二屄一接过来就大声地咋呼："你这是照的谁啊？"

老板望望二屄又看看照片，说："怎么，你连自己都不认识？"

"笑话，我怎么会不认识我呢？你让大家看看，这是我吗？"二屄边说边揭下头上的帽子，"你们看看照片，再看看我。"

老板和二屄的同事们都瞪圆了眼睛：照片上的二屄满头浓密的黑发，而眼前的二屄头上则寸草不生。原来二屄刚才偷偷到理发店剃了一个锃光瓦亮的秃瓢。

"对不起，这照片不是我。我不能要。"二屄玩世不恭地看着老板又对同事们眨眼，诡秘地笑了。

大家满以为老板会据理力争，但老板却平静地说："你确认这不是你吗？"

二屁昂着头神气地说："当然确认！"

"好吧，那我们立个字据。"老板拿来一支笔说，"请你在照片背面写上此人不是你的字样。"

二屁接过笔，毫不犹豫地写上几个大字："此张照片不是二屁本人。"

签完字二屁就和同事们一起说着笑着离开了。

第二天，季春吵着要同事们兑现打赌输的一桌酒席，同事们承诺晚上请客。二屁笑眯眯地期待着晚上早点到来。

可是到了下午，二屁就笑不起来了。一个上街的同事回来说："二屁，这下好了，你成了名人了。"

二屁忙追问怎么回事，同事诡秘地一笑说："你自己到照相馆门前去看看就知道了。"

二屁骑上一辆破自行车马不停蹄地赶到照相馆门前，一看，鼻子都气歪了。照相馆老板把他的照片挂在门前的橱窗里，在照片的上方，用醒目的红色大字写道："此人是小偷，请大家提防。"

二屁冲进照相馆找老板理论，说老板侵犯了他的肖像权，老板不慌不忙地取下照片，指着背面的字说："这是你昨天上午的签字，未必你就不认得了？"

二屁哑口无言，灰溜溜地转身就走。

身后传来老板得意的声音："这家伙是个十足的二屁，我敢打赌，他会出原价10倍的价钱，买走这张照片的……"

时尚的诞生

小城的老少爷们也像小城的女人一样很潮，除了感冒，流行什么就赶什么。

那段时间，也不知什么原因，小城的男人突然流行起了剃光头。没几天时间就见街上好多男人，顶着一个锃光瓦亮的秃瓢招摇过市。

咱也是男人可不能落后哦，怎么也得赶一回时尚，过过光头的瘾。我特地给在省城打工的女朋友打电话，告诉了她我要剃光头的想法。征得了女朋友的同意后，我来到了理发店。

理发师很热情地问我剪什么发型，我使劲挠着头发说，剃成秃瓢就行。

理发师没再说什么，拿了一块蓝布披在了我的身上，并系上了脖子上的带子。我看了一下镜子里我的形象，就像一个超人。

理发师的手艺很好，不一会儿就剃了左边的半个脑袋。

刚准备剃右边时，我的手机响了。理发师停下了动作，等我打完手机接着剃。

电话是我女朋友公司的同事打来的，一接完电话，我就从椅子上弹了起来。扯掉身上的围披，拔腿就向外跑去，边跑边回头对理发师说，我女朋友出车祸了……

门外没有出租车，好在这儿离去省城的车站不远，我一路向车站奔去。我用眼睛的余光看到，路上的行人都停下来在看着我飞跑，有的还在笑。到了售票大厅，我插队买了去省城的车票。我看到那些候车的旅客都用奇怪的眼神看着我在笑。我也没心思去想他们为什么笑我，我心里只有女朋友的安危。

到了省城，找到了女朋友住的医院。好在女朋友没有生命危险，只是右腿骨折，医生说最少要住40天医院。我满以为女朋友看到我会哭，没想到她却躺在病床上嗤嗤地笑了。我问她笑什么，她说，卫生间里有个镜子，你去照一下就知道了。

当我面对镜子里的那个我时，我禁不住笑得直揉肚子。我那半边的秃瓢泛着白光，半边的黑发顽强挺立的样子，就像《西游记》里的妖怪，难怪人们看着我会发笑呢。

我对女朋友说，一听你出了事，我就这样只剃了半个脑袋就跑来了，待会我就找个理发店去剃光。

女朋友说，别剃，就这样留着，等我出院。看到你这发型我就想笑，它能给我带来好心情。

女朋友的话我当然要听。我就那样顶着"妖怪头"在医院陪了女朋友40天。直到她出了院我才回到了小城。到家时天已经黑了，我打算第二天就去理发店把我的"妖怪头"剃成全光，免得小城的人笑话我。

第二天，我来到了理发店。

理发师说，不用再剃光头，把上次剃了的后来又长起来了的那边的头发剃光就好了。

那怎么行，那人们还不又看我像看怪物一样。我不同意。

理发师说，你还不知道吗？ 这一个多月最流行的就是"阴阳头"。

什么是阴阳头？ 我疑惑不解。

就是你那天只剃了半个脑袋的发型。你走后第二天就有人来要求只剃半个脑袋。

我半信半疑地来到大街上，一看，好家伙，理发师没有说谎，大街上的男人果然有好多人就是这种阴阳头。

看着那些阴阳头，我莫名其妙地想笑。

原来我也引领了一回小城的时尚。

来 抓 我 吧

"李大妈,这次开会有没有通知我啊？"混球人没上楼声音就进了客厅。

居委会李大妈正在拖地板,听到了混球的声音后,在窗口探出头说:"没有,你还不够资格。"

"真郁闷……"混球小声嘀咕了一句后歪着膀子走了。

混球说的会是由小区片警组织召开的,每个季度召开一次,参加会议的主要是小区那些有劣迹的小青年。近年来小区的治安状况不容乐观,于是片警推出了一项新举措:定期把小区里那些不良青年集中起来开会警戒一次。

片警的这项措施的实施,本意是为了防患于未然,可是到了那些小青年身上却变了味儿,很多小青年以参加了会议为荣耀,用他们的话来说就是取得了专科文凭,走在街上没人敢惹,说话做事都有了分量。

混球一直没有取得"专科文凭",混球受了人们很多奚落。

混球想起了他经历的那件事就愤愤不平。

那天,混球去电影院看电影,混球跟在一群小混混后面没买票就往里挤,守门人拦住了他,不让他进去,混球不服,指着前面的人说:"他们不都没买票,为什么放进去了？"

守门人嘴角一撇不屑地说:"你能跟他们比吗？他们每年参加了4次会,你参加过吗？"

混球一下蔫了,灰溜溜地转身走了。

混球没犯过事,片警怎么会找他呢。

混球决定做出一件事让片警来抓他。

那天，混球在大街上看到一个很漂亮的红衣女孩，混球大着胆子上去故意撞了她一下，还趁机在她的胸部摸了一把，混球等着女孩大喊"抓流氓啊"，这样就会有人报警，可是那女孩很妩媚地对他一笑说："小哥，怎么，想玩玩吗？"然后上前拉着他的手，"跟我走吧，包你舒服开心！"混球吓得抽出手就跑了。

见这招不行，混球又想出了另一招：吃霸王餐。

混球进了路边的一家馆子，点了几个好菜，要了一瓶好酒。吃饱喝足后，他径直来到收银台对老板说："饭我吃了，酒我喝了，但我没钱埋单。你报警吧，让派出所来抓我！"

这是家外地人刚开不久的餐馆，老板是个聪明人，他知道遇上了地头蛇惹不起，老板敬了一根烟说："这顿饭就算我请了，以后请小兄弟多多关照！"

混球吼了一句："你报警啊！"

老板说："不敢！不敢！"

混球沮丧地走了。

混球想起这些就一阵阵闹心。

混球离开李大妈家走了好远还想着李大妈的那句话："你还不够资格。"混球越想越气，说老子不够资格，我马上做一件够资格的事，让你看看。

混球脱掉衬衣扎在腰上，光着膀子来到了街上，一辆汽车从他身边驶过，混球突然有了主意：拦截车辆，堵塞交通，总会有人来抓我的。

混球解下腰里的衬衣拿在手中舞动，拦住了一辆汽车。混球在汽车面前又唱又跳，不一会儿道路堵塞了，接连停了好多辆车。

混球想，这回总得有人来抓我了吧。

混球冲着司机大喊："你们报警啊，报警来抓我啊！"

其实混球不知道，早已有司机报了警。

混球的身后响起了警报声。混球知道有人来抓他来了，混球更兴奋地舞动着衬衣。

几个穿白大褂的人下车按住了他，把他塞进了车里带走了。车里的混球嘿嘿地笑了。

混球怎么也没有想到,报警的人打的不是110,而是精神病医院的电话。

混球被带到精神病医院关了起来。

和骗子短信过招

我们办公室4个人的手机是同时去上的号,因此手机号的最后4位数是按顺序排列的,如果有什么群发的诈骗短信,我们人人都能收到。

一天,我们就同时收到这样一则短信:

"爸爸、妈妈:我犯错被公安抓住,需要交2000元罚款才能放人,不然就要拘留我一个月。请速去建行打2000元到王海兵警官的建设银行卡上,卡号:62270033241……0975。别打我的电话,电话已被收缴,详情等我出来后再说。"

刚好这天上班我们很清闲,没什么事做。我突发奇想,提议说:"我们每个人都回复一下,也来戏弄戏弄这些骗子,好吗?"

我的提议一下勾起了大家的兴致,小张、小胡、小刘三人纷纷赞同。接着我分派了不同的回复内容,他们都按我说的话回复了过去。

一会儿,我们4个人的手机短信铃声陆续响了起来。

小张念起了他的回复和骗子的回复。

小张的回复是:"抓就抓住了,有什么大惊小怪的,就到拘留所住一个月吧,不仅省下了2000元,每餐的伙食费也省下了。哪里去找这样的好事?"

骗子的回复是:"放屁,你还有没有良心?"

小胡念起了他的回复和骗子的回复。

小胡的回复是:"你这孩子,怎么这么不小心,我在你这个年龄阶段天天犯错，从来没被抓住过，你简直不是我的儿子，你以为我是开银行的啊，一开口就是2000元，等你出来后，看老子不揍你个生活不能自理！"

骗子的回复是："妈的，你不给就不给，凶什么凶？"

小刘念起了他的回复和骗子的回复。

小刘的回复是："我可怜的孩子，爸爸妈妈是爱你的，怎么能眼睁睁地看着你被抓去受罪呢，可是现在家里连买米的钱也没有，已经穷得揭不开锅了，我和你妈都三天没吃饭了，你等等吧，衣兜里还有10元钱，待会儿就给你寄去。"

骗子的回复是："混蛋，你没钱就没钱，哪来那么多废话？"

最后我也念起了我的回复和骗子的回复。

我的回复是："孩子别急，你的运气真好，刚好你爸昨天买彩票中了500万，妈马上就去银行，给你打100万过去，交了罚款后多余的钱，你就让警察叔叔平分了吧！"

骗子的回复是："骗子，你真是个骗子，天下哪有这样的好事？"

念完了短信，我们4个人几乎笑岔了气。

逃之夭夭

今天同妻子一起逛街，在街角转弯处正碰上有人在高声叫卖景德镇茶具。我早就有买一套的打算，于是我凑了上去。卖茶具的是一个平头小青年，他正在同另外几个小青年在讨价还价。看到我过去了，他们停止了争论，平头向我迎了过来。

"正宗的景德镇茶具，要吗？"平头微笑着问我。

"如果是真的，当然想买一套啊！"我诚恳地说。

"来，你先看看吧，验验货。"平头把茶具向我手里递来。可是在还没挨着我的手的时候，茶具掉到了地上，"啪"的一声摔碎了。

"这……"我刚想声明，平头打断了我的话："你怎么不拿稳啊，让它掉了，没说的你得赔。"

这时，有个小青年走过来，说，"算了，算了，让他就道个歉就算了。"看到有人劝解，我马上道歉说："对不起！"

平头脸上的微笑不见了："光道歉就完了吗，得赔啊，得赔我最少200元。"

我知道遇上了电视里曾曝光的敲诈事件。我据理力争说："我又没挨你的茶具，是你自己故意掉地下的。"

平头眼露凶光说："你说得倒轻巧，你说没挨，那你为什么要道歉呢？"

"我……我……"我一时语塞。

"赔吧，兄弟。"这时旁边的几个小青年都围了过来。

"好吧，我们赔。"妻子边说边掏出了手机在拨号。"喂，是张警官吗？你表弟在街上遇到点麻烦，请马上带两个兄弟过来一下……"

我回头再看那几个家伙，早已逃之夭夭。

我问妻子："你什么时候认识了一个张警官啊？"

"傻瓜，这叫一物降一物，我根本就没拨号。"妻子不无得意地说。

条 件 反 射

市工会决定组织一次1500米职工长跑比赛,冠军获得者奖现金5000元。

大昆平时就爱练长跑,再加上5000元大奖的诱惑,就毫不犹豫地报了名。通过多次激烈的分组淘汰赛,最后只剩下大昆和另外两名选手争夺冠军。

冠军争夺赛空前引人注目,市电视台全程跟踪报道。比赛地点定在市体育馆足球场,跑道旁边的看台上挤满了狂热的观众,大家都想亲眼目睹冠军的风采。

前面的多场淘汰赛,大昆一直斗志旺盛,大有冠军非我莫属之势。可是这最后的一场比赛,大昆却没有多大的信心。当他们3人上场时,看台上的观众也不看好大昆,大昆身材瘦小,而另外2名选手高大魁梧,不用比,光看腿的长度就知道,这两名选手跑一步要抵大昆两步。

比赛开始了。发令枪一响,那两名选手就箭一般射出,大昆到底是平时经常锻炼有实力,他同样紧紧地咬在他们身后。开始时看台上的观众还在大喊"加油! 加油! ……",还剩最后500米时,场上静了下来,大家瞪圆眼睛看他们的最后冲刺。这时大昆居中间,与暂时领先的那名选手相隔50多米。很多观众的眼睛都盯在最前面那个选手身上,在心里默默地数着:400米……300米……

还剩200米时,大昆身后右边的看台上突然有人喊了一声:"城管来了……"是一个戴眼镜的男子在喊他的一个朋友。

目光锁定在大昆身上的观众惊奇地发现,这时的大昆像突然注入了兴奋剂一样,一下子提速了,拼命地向前冲去。40米……30米……20米……10米……在距离终点还有大约5米时,大昆超越了那位选手。

大昆一举夺得了冠军。现场爆发出了惊天动地的掌声。

在大昆还在喘气的时候，记者们就围了过来，现场采访。

"首先祝贺你荣获本次长跑大赛的冠军！请问：还剩最后200米时，是什么力量促使你突然爆发出惊人的速度？"

大昆憨憨地笑了，一边擦着头上的汗水一边说："说真话还是假话？"

"当然是真话！"

大昆双手捧面不好意思地说："是那句'城管来了'的喊声刺激了我，我是一个摆地摊的，平时最怕的就是这句话，一听见这句话，我就会条件反射地拼命地跑……"

落　　聘

那天，我们寝室的6个姐妹一起上街，看到超市门口贴出了一张广告，广告上说，"我公司新开发了一种减肥产品，准备投放市场。为了扩大影响，让广大市民认识并接受，特招聘一批宣传材料发放员，欢迎在校大学生应聘。"

我们6个人都动心了，反正星期六、星期天我们闲着也是闲着，不如去做点事，既可锻炼一下自己的能力，又可赚点生活费，何乐不为呢？

我们按照广告上提供的地址找到了那家公司。接待我们的是一位苗条漂亮的小姐，她自我介绍说："我姓程，你们叫我程姐好了。"

我们说："程姐，我们是来应聘的。"

程姐说："好的，但必须先面试。"

程姐把我们6人引到经理办公室，她让我们一个一个进去。我是最后一个进去的。她们5人进去后都笑眯眯地出来了，我问她们聘上了吗？她们都是回答："聘上了。"我想，在校我的成绩是最好的，我自认为我的长相也是最漂亮的，我一定也会聘上的。可是没想到，我进去后一个年龄比程姐稍大的女人，只是看了我两眼，什么问题也没问，就说："好了，欢迎你45天后再来！"

出来后我问她们5人："她叫你们什么时候来？"她们告诉我："下周双休就来。"

我疑惑了，自言自语地说："怪了，她怎么叫我45天后再来呢？"

"也许现在不要那么多人吧。"她们安慰我说。

"可能是吧。"我也这样安慰自己。

周六到了，这天她们5人去公司领取宣传单，我也跟着去了。她们进去了，我在门外等着。

她们出来了，看了宣传单后再看我，都哈哈大笑起来。我问她们笑什么，她们说："给你一张宣传单，你自己看了后就会明白了。"

我接过宣传单看完后我也笑了，宣传单上说，"服用了本公司产品45天后，保证减肥10斤以上。"

我这才明白了我落聘的原因，原来经理是嫌我长得太胖，难怪不要我发宣传单，别人看了我后谁还会相信这减肥产品的功效呢？

恭 喜 老 板

老郭下岗后，经熟人介绍在一家火锅店打工，工资待遇很不错。老郭很珍惜这份工作，总是尽最大努力去做好。五一节那天，老郭读大学二年级的儿子放假回家，就到店里去看他。刚好那天老板要换掉门楣上方的旧招牌，老板把这个任务交给了老郭，老郭去广告公司扛回新招牌后，就搭上梯子动手换招牌了，他先拿下旧招牌,再把新招牌挂上去。儿子在一旁帮忙。老板也在一旁看着。

可是,没想到意外发生了,可能是由于固定的钉子松动了,招牌刚一挂上去,老郭还没有从梯子上下来,那新招牌就"啪"的一声掉在了门前的水泥地上,一下摔成了两半。老郭当时吓出了一身冷汗,因为他知道老板是个迷信思想很重的人,他一定会大发其火。果然,老板大声吼叫起来:"你是不是故意想诅咒我破产啊?"

老郭张口结舌不知怎么回答。老板又说了:"你摔破了我的招牌,这是一个很不好的兆头,你马上给我走人。"

"我……我……"老郭想解释,但又不知怎么说。

这时,老郭的儿子说话了:"老板,请息怒。一块招牌变成了两块,这其实是一个好兆头。在此我要恭喜您,这预示着您的生意兴隆,马上就要开分店了。"

老板一听,刚才冷冰冰的脸上这才有了笑容。

老郭马上接过儿子的话说:"恭喜老板,您马上要开分店了!"

老板没再追究老郭的失误,只是打电话叫广告公司重新制作了一块。

回家后,老郭问儿子:"儿子,你怎么回答得那么好啊?"

儿子嘿嘿一笑说:"我的大学是白读的吗?相信你的儿子这点口才还是有的。"

其后,老郭逢人就感叹说:"还是要让孩子读书啊!"

第七辑 / **生命的阳光**

生命的阳光

冬日的阳光是个好东西，照在人身上暖暖的，身上舒服了，心里也跟着舒服了。

神仙坳村的老人们就爱这冬日的暖阳。冬闲没事，到村子南头一个大草垛下晒太阳就是他们的事了。草垛的中间凹进去了簸箕那么大的一块，也不知是谁放了一张藤椅在这凹处，于是，这张藤椅就成了草垛下晒太阳的最佳地方。

神仙坳村的老人们都自觉地把这最好的位置，留给村里年纪最大的两位老人：西大爹和牛二爹。西大爹和牛二爹是同年出生的，今年都是81岁。

开始的时候，两位老人要同时到来，就互相谦让，你让我坐，我让你坐。西大爹比牛二爹大两个月，牛二爹说，还是老哥你坐吧。西大爹就坐下了。要是其中一个先到，先到的那个就会起身让后到的那个坐，后到的那个自然不会坐的，先到的那个也不再推让，优哉游哉地眯着眼享受着阳光的温暖。

村里的七八个老人们每天就这样不约而同地聚集在草垛下，天南海北地无主题闲聊。当然聊得最多的还是那逝去岁月的或美好或伤心的回忆。西大爹和牛二爹尽管有点儿耳背，有时候听不清那些比他们岁数小的老人聊的是什么，但看到他们在开心地大笑，他俩也会咧着没牙的嘴"哼哼"地笑着。

有一天，有个老人开玩笑地问，西大爹，牛二爹，你们两人谁走在谁的前面啊？西大爹和牛二爹没听清楚，你说什么？大声点儿。我说你们两人谁先到阎王那里报到？

牛二爹就怕人说他会死，他捅了身边开玩笑的老人一拳说，别看老子的年纪在村里最大，说不定你还会走在我前面呢。

西大爹也怕听这个死字，他从藤椅上站起来，瘪着嘴骂了一句，别放屁了，老子还要活20年。

看到两位老人那种孩子般动气的样子，在场晒太阳的其他老人们都笑得皱纹颤动，连身后的草垛都抖起来了。

这时，不知是谁大声说了句，你们两个每天谁来得早，谁就长寿。其他人也都随声附和，对，你们两个每天谁来得早，谁就长寿。

西大爹和牛二爹没再理会他们，一个坐在藤椅上，一个靠在草垛上，都闭着眼睛，沐浴着阳光，想着各自的心事。

可是随后几天，人们发现西大爹和牛二爹在太阳还没出来时，就都来到了草垛下，早来的那一个再也不谦让了，一屁股坐在冰冷的藤椅上，望着迟来的那一个嘿嘿地笑。太阳还没出来，草垛旁有点冷，但他们好像都不怕冷似的，在那儿闭目养神，那神情与太阳照在身上时一样的悠闲，尽管不时打一下冷战。

大家都明白，这两位老人较上劲了。两位老人的家人也很奇怪，以前他们因为怕冷，还爱赖床，现在都很快起来，而且精神抖擞，走出家门时，连拐杖也没拄，脚步比以前稳多了。中午回来吃饭时，胃口也比平时好多了。他们不知，两位老人心里有个信念支撑着：我今天一定要抢到藤椅的位子。

抢到藤椅位子的那个心情很好，见了过往的人还主动打招呼，你早啊，田里的活儿做完了吗？

没抢到位子的那个心情也不坏，见了面前经过的人也会说上几句话。

西大爹和牛二爹互相之间也说着话，问问昨晚什么时候睡的，早晨什么时候醒的，还互相叮嘱要好好休息，保重身体。他们的较劲只在心里。

牛二爹的身体比西大爹要好。这段时间牛二爹抢到位子的次数比西大爹要多。

可是，有一天，牛二爹由于晚上没睡好，早上竟然睡着了，醒来时太阳已经从窗户里照进来了。牛二爹慌忙起来，早餐也没吃就向草垛奔来。他到草垛前一看，那几个老人都来了，而藤椅上却没有人。牛二爹喜滋滋地坐了上去。

接连几天，藤椅上坐着的都是牛二爹。牛二爹奇怪了，自言自语地说，怎么这几天怎么没见西大爹呢？

有人大声告诉他，西大爹病了，躺在床上起不来。

牛二爹愣在椅子上没吭声。好半天才颤颤巍巍地站起来，踉踉跄跄地向西大爹家走去。西大爹躺在床上闭着眼睛。老哥，你怎么啦？牛二爹唤醒了西大爹。

西大爹的嘴在动。西大爹的儿子把父亲的话大声转述给牛二爹听，我爸说，他再也不跟你抢位子了。

牛二爹上前坐在床边，拉着西大爹的手说，老哥，你起来吧，我……我……再也不跟你抢了……每天让你坐……

泪，溢出了西大爹的眼角。牛二爹的眼睛模糊了，泪，顺着苍老的脸颊流了下来，滴到了他俩紧握着的手上。

三天后，西大爹走了，永远也享受不到这温暖的阳光了。

牛二爹还是每天去草垛下晒太阳，但他不再坐在那张藤椅上。人们也自觉地让那位子空着，每天任由温暖的阳光抚摸着它。

伯乐开中心

经过多方筹备，由相马专家伯乐创办的"千里马鉴定中心"，终于挂牌成立了。

该中心的创办酝酿已久，是伯乐在充分考察了千里马供求市场后，作出的重大决策。近几年来，由于通讯、运输、旅游等行业的飞速发展，很多用马单位都打出了"高价诚购千里马"的招牌。一时间千里马身价倍增，供不应求。

很多公司、企业等用马单位，高价买回马后，却发现名不副实，纷纷呼吁县衙要成立一个千里马权威鉴定机构。于是"千里马鉴定中心"应运而生。

伯乐通过媒体大做广告：本中心由世界著名相马专家伯乐执掌，是本县唯一的一家正规合法的具有千里马鉴定资质的权威鉴定机构。凡经本中心鉴定的千里马，一律颁发"千里马资格证书"，是千里马的身份凭证。

当天就有很多人牵着马匹来做鉴定。伯乐每鉴定出一匹千里马，就给它拍照，再将照片贴在证书上，盖上"千里马鉴定中心"的钢印后，交给主人。

"千里马鉴定中心"的成立很快带来了千里马交易市场的火爆。用马单位只要看到对方拥有"千里马资格证书"，就会毫不犹豫地购买。买马的和卖马的都相信伯乐。伯乐的鉴定中心一下成了香饽饽，就连外县的甚至草原地区的养马专业户，也来中心鉴定。当然必须得交付一笔不菲的鉴定费。

"千里马鉴定中心"也因此财源滚滚，伯乐成了县令的座上宾。以前，人们总是感叹，世上好找两脚鸡，人间难寻千里马。可是，"千里马鉴定中心"成立不到两年，各地持证的千里马总数就达1000多匹。

渐渐地有人发现，花重金购回的持证千里马却名不副实，有的甚至连普通的马也不如。民众开始愤愤不平。于是，很多人投诉到了县衙，请求县太爷出面查处。

县令极其重视，立即成立了以自己为组长的"真假千里马调查小组"，深入地展开了全面的调查。半个月后调查结束，县令迅速召开新闻发布会，公布了调查结果："千里马鉴定中心"的鉴定准确无误，千里马不能日行千里的原因是马主人喂养方法不对，把千里马等同于普通的马，焉求其能千里也。

这才稍稍安抚了民众的心。

可是，其后的一件事却让假千里马再一次原形毕露。一天，到该县巡查的钦差大人，有一封急件要火速送到千里之外的另一个州府。钦差大人亲自挑选了一匹持证千里马，没想到这匹该死的马在跑了不到400里时就累得口吐白沫倒地而亡，以致延误了急件的送达时间。钦差震怒了，命县令立案严查"千里马鉴定中心"。县令不敢怠慢，再一次组成调查小组。不到两天的时间就给出了说法：不是鉴定中心的鉴定错误或假鉴定，事实真相是，该千里马的证书是其主人从本县一假证制造者手中买来的。县令立马派人抄了假证制造者的家，把那倒霉的家伙抓进了大牢。这才给了钦差一个交代。

按说，假证制造者已蹲在大狱，再也没人制造假证了，但其后又发现了很多假千里马。于是，人们又开始不再相信"千里马鉴定中心"了，很多人要买千里马，不再看证书，而是采取最原始最有效的办法，直接牵出来让它跑一跑，是否日行千里，一跑便知。

于是，"千里马鉴定中心"门可罗雀，几天后倒闭关门了。

可是，伯乐并没有一点儿遗憾之意，反倒高兴。因为，他靠那些花高价买证的卖马人，已经买了房买了车，存折上还有一大笔巨额的存款。

其实最高兴的人，还是县令，他已赚得盆满罐满，原来他才是"千里马鉴定中心"幕后的老板。

小伟有支神笔

小伟是个聪明的孩子，就是爱贪玩。小伟每次的作业总没得过100分，有时甚至还不及格。

每次老师将作业本发下来时，看着作业本上触目惊心的红"×"时，小伟的心里都很不是滋味。小伟是个自尊心很强的孩子，他发誓下次的作业一定要认认真真地做，争取作业本上都是"√"。可是，到了做作业时，小伟那毛毛糙糙的老毛病又犯了，又是很快做完后不检查一遍就交了上去。下课铃一响心就飞到了操场。再下次他强迫自己一个题一个题慢慢地做，一笔一画规矩地写，结果又遇到做不出来的题，老师又不容许作业本上空题，小伟只好胡乱地写个答案应付了事。结果可想而知，下次作业本发下来时，又有一个大大的"×"。

小伟想："要是能像马良那样有支神笔就好了，不管是做作业还是考试就不会出错了。"

晚上小伟睡觉时还在想这件事。

这时，有位老爷爷来到了小伟的床前，对他说："我送你一支笔吧，你用它做题绝对不会再出错了。"

小伟高兴坏了，连声说道："谢谢老爷爷……谢谢老爷爷……"

老爷爷慈爱地望着小伟说："先别说谢谢的话了。这笔虽好，但它没有墨水，要你自己想办法找到一种特殊的液体灌进去，才能书写。"

小伟眨巴着一双疑惑的眼睛问："那是什么液体啊？老爷爷。"

老爷爷说："这我就不能告诉你了，我要告诉你了，这笔的神奇效果就会消失了。得你自己去慢慢地悟，等你悟到了就知道这墨水是什么了。"

小伟很有礼貌地说："谢谢您老爷爷！谢谢您的指点！我会慢慢地去悟的。"

老爷爷把笔放在了小伟的枕头边，抚摸了一下小伟的头后，就不见了。

小伟把玩着那笔。突然小伟的一个同学冲到床边一把抢过笔就跑开了。小伟大叫一声跳起来就去追赶……

这时耳边响起了妈妈的声音，妈妈在推他："小伟，你怎么啦？"

小伟醒了，原来是一场梦。小伟拉亮电灯，一看枕头边，真的有一支银白色的钢笔。

第二天小伟就试着在笔胆里灌上了白开水、绿茶水、酒精、牛奶等，但都不能书写。其后几天，小伟又试着灌入鱼汤、雨水、中药水、蜂蜜水等，仍然写不出字来。

这段时间小伟没再贪玩，心里一直在琢磨着老爷爷的话，在寻找那特殊的液体。这天上课，语文老师讲到了爱迪生的名言："天才是1％一的灵感加99％的汗水。"小伟突然感到脑子里灵光一闪，眼睛一亮，他一下子悟到：老爷爷说的那特殊的液体就是汗水。

恰好第二天是周六，几个平时爱一起玩的同学来家邀他一起到网吧玩游戏，小伟第一次拒绝了他们，他说："我要先把老师布置的家庭作业做完。"

这天天气很热，小伟摊开作业本认真地做了起来。小伟出了一头的汗，他把擦汗的毛巾上拧下的汗水搜集起来，灌到了笔胆中，在纸上一试，果然写出了一行漂亮的字。

小伟拿起那笔，一气呵成地做完了作业。周一交给老师批阅时，小伟惊喜地发现，作业本子上全是"√"。小伟学习的劲头来了，他上课认真听讲，不再让思想开小差。每次的作业在神笔的帮助下都精心地完成，各科老师都表扬了小伟。小伟良好的学习习惯开始慢慢养成了，自信心也越来越强了。期中考试，小伟语数两门考了一个双百分，英语也是优秀的等级。

小伟想找到那位送他神笔的老爷爷，可是不知道去哪里找。

这天小伟做作业时，突然发现那支神笔不见了。小伟找遍了书包和课桌的角角落落，都没找到。小伟只好拿出在超市文具柜台买的一支普普通通的中性笔写了起来。到作业本发下来时，也全部是"√"。后来的多次作业，小伟的正确率极高，到期末考试时，小伟的语数外三科全部是优，名列全班第一。

小伟捧回了一张鲜红的奖状。当晚，小伟做了一个梦，他梦见了那位送他神笔的老爷爷。小伟低下头说："老爷爷，对不起，我把你送我的神笔弄丢了。"

老爷爷笑眯眯地摸着小伟的头说："孩子啊，抬起头来吧，神笔没有丢。勤奋加汗水，良好的学习习惯加自信心，就是你的神笔。"

小伟笑了。小伟笑醒了。

第二天，当老师让小伟介绍学习经验时，小伟把老爷爷说的话告诉了同学们。

同学们频频点头。

杜甫穿越记

一天，我在成都"宽窄巷子"闲逛，突然遇到了杜甫爷爷。

我很喜欢杜甫爷爷，我学过他写的《茅屋为秋风所破歌》。我问杜甫爷爷："您是怎么到这里来的？"杜甫爷爷长叹一声，说："我也不知道是怎么来的。我只记得，我躺在四面透风的茅草屋里，刚吟完'安得广厦千万间，大庇天下寒士俱欢颜……'就昏睡过去了，一醒来就到这里了。"

我明白了。原来，杜甫爷爷穿越了——从唐朝穿越到了2013年。

　　我主动提出陪杜甫爷爷走走。我们信步走着，转过一个街角，就到了开发区。耸立在我们眼前的，是正在开盘销售的"都市花园"楼盘。十几栋拔地而起的高楼，豪华、庄严、气派、漂亮。杜甫爷爷揉了揉眼睛，掐了掐大腿，看了看天空，自言自语道："我的梦想果真变成了现实？真的已得广厦千万间了？太好了，我们穷人有房子住了。"

　　杜甫爷爷的脸笑成了一朵花。我牵着杜甫爷爷的手，来到了楼盘销售中心，一问价格——每平方米1万元。

　　杜甫爷爷瞪圆了双眼，用力去摸口袋，可是，只摸出了几两碎银，恐怕连半平方米也买不到。杜甫爷爷试着问了一句："不买，就不能住吗？"售楼小姐"咔"的一声笑了："不买，当然就不能住啊。"

　　我们在售楼小姐的冷眼中离开了售楼处。杜甫爷爷问我："你家买房子了吗？"我说："没有，听爸爸说房价太高，买不起。"

　　杜甫爷爷回头望了望那一座座"广厦"，自言自语道："已得广厦千万间，但为什么还是没有天下寒士住宿的地方呢？唉，还是回我的茅屋去吧。"

　　"杜甫爷爷，我送你回家吧。"我叫了一辆的士，陪杜甫爷爷来到了成都"杜甫草堂"。

　　来到草堂门前，我们正准备往里走，可是被人拦住了，不让进。杜甫爷爷以为走错了地方，他抬头看了看门楣上方，没错啊，上面4个黑色的大字：杜甫故居。杜甫爷爷回身又往里走，守门人又拦住了他，说："参观杜甫故居，请先买门票！"

　　"岂有此理！我回自己的家还用买门票？"杜甫爷爷愤愤不平。

　　守门人嘴角一撇，说："开什么玩笑呀，这儿什么时候变成了你的家？这可是我们老板出资几百万元精心打造的历史文化旅游景点啊。"

　　杜甫爷爷理直气壮地说："我就是杜甫！这儿就是我的家！"

　　守门人用嘲讽的眼光望着杜甫爷爷，说："知道现在假冒伪劣的多，没想到竟然有人冒充杜甫。杜甫都去世1200多年了，你知道吗？"守门人说完，用力把杜甫爷爷推了出来。

我搀扶着杜甫爷爷跟跟跄跄地离开了草堂。

有家不能回，杜甫爷爷仰望天空，一声长叹："天啊……"

我陪着杜甫爷爷漫无目标地在街上走着。突然，杜甫爷爷一下栽倒在了地上。我马上大声呼喊："救命啊！有人晕倒了！"可是，从我们身边走过的人都视若不见，听若不闻。我听见有个小女孩说："妈妈，去救救老爷爷吧！"可是，小女孩马上被她妈妈呵斥了："不要多管闲事。救不得，他的家人来了，会赖上我们的，会说是我们撞倒他的。"

情急之下，我跑到街边的一个电话亭，拨打了120。

120姗姗来迟，等他们赶到时，杜甫爷爷已经永远离开了这个世界。

怪　　胎

还有三天就是预产期了，于媛仰靠在沙发上拍了拍高高隆起的肚子，自言自语地说："宝宝，快出来吧，妈妈想早点看到你！"

于媛感到那腹中的宝宝，似乎听懂了她的话，竟然连续动了几下。于媛脸上洋溢着幸福的笑，她娇嗔地揪了一下身边的老公李涛说："老公，宝宝在踢我呢。"

李涛也是一脸幸福地拥过妻子，说："小家伙醒了，我们马上开始今天的胎教吧。"

胎教的内容之一就是给还未出世的宝宝读报纸上的新闻。李涛爱看报，他订了好几份报纸，这是一举两得的好事，自己既读了报，了解了国内外大事，又起到了胎教的作用。

在老公的读报声中，于媛感到腹中的胎儿动得更厉害了，看来这小家伙很不安分，把妈妈的肚子当成了舞池，在里面手舞足蹈呢。

"预产期这天，你就出来吧，宝宝！"于媛轻揉腹部，自言自语。

可是，预产期到了，于媛的肚子毫无动静。李涛带于媛去看医生，医生说："这是很正常的事，有很多产妇也是预产期过了好几天才生下来的。先回家去吧。"

于媛只好回家耐心等待，这一等就是10天，于媛还没有丁点儿肚子疼的迹象。李涛沉不住气了，他要于媛去医院剖宫产，可于媛坚决不同意。于媛已作好了打算，哪怕生孩子时疼得再狠，也要顺产，绝不去剖宫产，听电视上说，顺产的孩子比剖官产的孩子要聪明，她坚持要顺产一个聪明漂亮的小宝宝。于媛固执地说："不管什么情况，只要腹中的宝宝一切正常就必须顺产。"

李涛没办法，只好带她到医院作了一次全面的检查。检查结果，胎儿发育一切正常，孕妇的一切生理指标也正常。李涛不解地问医生："那预产期过了这么长时间怎么还不生呢？"

医生解释说："再等等看，据国外文献记载，怀孕时间超过320天，有百万分之一的比例，你妻子这种情况可能就是那百万分之一吧。"

李涛不能说服于媛改变主意，只好依旧坚持每天的胎教，给腹中的宝宝读报，宝宝依旧是像能听懂他读的内容一样，在腹中踢动。

一晃20多天又过去了，奇怪的是腹中的孩子还是没有降生的迹象，李涛只好又带妻子去医院检查，检查结果，依旧一切正常。

可是小区的人们却认为不正常了，他们议论纷纷，说怀的是怪胎，俗话说，十月怀胎瓜熟蒂落，可是11个月了还毫无动静。

小区人们的风言风语传到了李涛的耳中，李涛坐不住了，他要求于媛马上到医院剖宫产。可是于媛就是一个倔脾气，她说："医生说了，孩子一切正常，怕什么，别人愿意怎么嚼就让他嚼去。"

李涛急得茶饭不思，他也开始怀疑妻子怀的是怪胎，可令他不解的是，为什么医院又说一切正常呢。李涛开始怀疑县级医院的水平，他决定带妻子到省城的大医院去看看。他们来到了省城的同济医院看专家门诊，可是专家给出的结论也是一切正常。但专家也感到奇怪，专家说，她行医坐诊数十年，还没遇到过这种情况。然而专家毕竟是专家，专家说："也许是孕妇的心理因素抑或是环境因素造成的吧，建议你们去看看心理医生。"

李涛带着于媛来到了心理门诊。

心理专家果然见多识广，他详细地询问了怀孕的前后经过，连他们平时都在家说些什么，看些什么，做些什么，包括他们是怎么样进行胎教的都一一问到了。

李涛告诉心理专家："我每天胎教就是给宝宝读读报。"心理专家沉思了好半天，说："把你平时读报的一些内容说说。"李涛就照实说了。心理专家仰靠在椅子上闭目思索了一会儿，突然睁开眼，一拍脑门说："我找到原因了……"

心理专家说："请你马上停止读报的胎教，每天带着妻子来我这里，我敢保证3天后，你们那聪明的宝宝就会顺利出生了。"

李涛半信半疑，但还是照办了。

心理专家也没有采取什么特殊的手段，依旧是每天给腹中的胎儿读报，连续读了3天，在第三天晚上，于媛顺利地产下了一个12斤重的健康的男婴。

李涛真是太高兴了，他特地制作了一面锦旗，送给了心理专家。同时请教心理专家："你也是读报，我也是读报，为什么我读时他不出生，你读时他就降生了？"

心理专家说："其实很简单，尽管我们两人都是读报，但读的内容不同，我这三天中读的都是报上的正面新闻，而你每天读的都是一些诸如，瘦肉精、地沟油、苏丹红、三聚氰胺，毒大米、毒胶囊等内容。你想想，孩子每天听到的是这些凶险的事，他敢到这个世界上来吗？"

李涛拍拍脑门陷入了沉思。

月有阴晴圆缺

我家住在一个古老的小镇上。

镇上的人最不愿意去的是我家的铺子，就连从我家铺子门前经过，也没有谁愿意多停留一步的，生怕沾染上什么晦气似的。但我家的铺子并不因为人们的讨厌而关门大吉，依旧每天在太阳升起的时候敞开朱红的大门。月有阴晴圆缺，人有旦夕祸福。四万多口人的镇子，隔不了一段时间总会有人哭丧着脸找上门来。

我家开的是棺材铺。

别人不喜欢我家，我却很喜欢我家。我喜欢我家那种神秘幽静的气氛。在这样的一种气氛下看书学习效率往往会很高的。

我家的后院有三间屋子存放棺材。三间屋子的门楣上分别写着"杂木"、"松木"、"红木"，不同的材质供不同经济能力的家庭选用。那些红木棺材都是有钱有权有势的人，提前给自己预定好了的。因为我们这儿有个迷信的说法，提前给自己预订好棺材，就能祛病除灾长命百岁。

镇长和镇里的那些有头有脸的官员们，就都预定好了这样的上等棺材。为防止别人选去，他们就在棺材的盖上贴上自己的名字。

我每天放学后就掇一张椅子，坐在那些棺材旁边完成老师布置的家庭作业。

一天，我正在聚精会神地默写英语单词时，听到从旁边的一具杂木棺材里，传出了一声很悲哀的叹气声："唉！"。我吓了一跳，围绕那具棺材转了三圈，没有发现有什么不对劲的地方。

第三天，镇上一个卖烧饼的老头就得脑溢血去世了，随之那具叹气的棺材就被他的家人买走了。

一个星期后，我又听到一具松木棺材在叹气。我心中暗想：是不是又有人后天又要离开这个世界呢？

果然第三天，建材店老板的儿子在外出进货途中发生了车祸，那具叹气的棺材也随之被他家买走了。

我不由得暗暗称奇。看来那些棺材很神奇，我发现只要一有棺材叹气，不出三天镇上准会有一条生命要在这个世界上消失。

我把我的发现跟很多人说了。起初大家都不相信，甚至怀疑我的脑袋是不是进水了。

一个星期后，就验证了我的话的正确无误。那天，我正坐在存放红木棺材的屋子里看小说，突然听到身后一具很漂亮的红木棺材"唉"地叹息了一声。我连忙查看那具棺材上贴的名字，是一个叫"操下金"的人订购的。我马上出去告诉了很多我认识的和不认识的人，说后天有一个叫操下金的人要死。他们还是不相信我的话，有的甚至说我是不是书读呆了精神分裂。我也不想争辩，只是说了句等着瞧吧。果然，第三天镇上就轰动了，有个叫操下金的分管城建的副镇长，因贪污受贿东窗事发而跳楼自杀了。

大家这才相信我的话不是信口雌黄的。有的人开始叫我是半仙。

于是，人们相信了我。相信了我后就开始有人心里惶惶的。最害怕的是镇府大院的那些头头脑脑们。最先找我的是镇长。镇长几乎天天要打电话问我，听到那具最威武的正面写着一个大大的金色的寿字棺材有响动没有，当我说出没有听到叹息声时，电话那头的镇长说了句谢天谢地后就挂了电话。还有很多预定了棺材的人，时不时打来电话询问。那段时间我家的电话成了热线，有的人不分白天黑夜，深夜12点钟也打电话来询问，说什么不问清楚一整夜就睡不着。我真不知道这些人为什么这么害怕，身体棒棒的能吃能喝能玩能睡的，何必要庸人自扰呢？

他们可不管我是怎么想的，更不管是不是侵扰了我的正常休息，依旧经常半夜打来电话询问。搞得我那段时间白天上课毫无精神，总是睡觉。害得我天天挨老师的批评。我心里很烦。

那天凌晨两点，我睡得正香，突然被一阵急促的电话铃声惊醒。是镇长打来的，问我晚上听到了什么声音没有。我正是一肚子火没地方发泄，就对着话筒大声说道："我刚才听到了那些红木棺材都在叹息！"

电话那头只听"咚"的一声，就再也没有任何响动了，估计是镇长晕倒了。我可管不了那么多，我倒头又进入了梦乡。

第二天听人说镇上爆出了特大新闻：镇长和好几个官员主动到县纪委坦白交代了他们贪污受贿的事实。

第三天，没人离开这个美好的世界，镇长和那几个官员都平安无事，只是被"双规"了。

说来也怪，此后我再也没听到过棺材的叹息声了。

特殊任务

星期天上午9点，我正准备陪妻子去商场买衣服，手机响了，是中队长打来的，我心里条件反射的一惊。要知道这段时间一直没下雨，天气干燥，正是火灾多发期，两天前我们还开着消防车去一家服装超市灭火。是不是哪儿又发生了火灾？

中队长说："请你马上来队里，将消防车开到正在兴建的移民商厦，我在那等你。"我刚准备问是不是那发生了火灾，中队长已挂了电话。

我骑着摩托车来到了中队，发动了我的那台消防车向移民商厦开去。

到了目的地，我下了车。中队长马上走了过来和我握了握手。我环顾了四周，没有发现哪儿有火光或浓烟，中队长大概也看出了我疑惑不解的神情，他说："没有哪儿发生火灾，你今天来是奉上级命令执行一项特殊任务。"接着中队长向我详细交代了具体操作步骤。我问了一句："为什么要这样做？"

中队长马上严肃地说："你完成好任务就行，其他的就不要多问了。"

我迅速地按要求行动起来了。移民商厦共4层，主体已封顶了，南边是一条宽阔的马路，由于动工以来一直没下雨，路上积了很厚的灰尘。我的任务其实不难，就是将消防车开到北边停好，然后接上水管，爬到顶层将水洒向马路。

一会儿我的准备工作全部就绪，中队长在楼下用对讲机向我发布命令："开始喷水。"我打开阀门，那白花花的水就如同天女散花般洒向了马路。开始只见灰土飞扬，不一会儿马路上就变成一片泥泞。

对讲机里响起了中队长的声音："暂停。"

我关上了阀门。我莫名其妙地站在楼顶，真搞不明白，仅仅是给马路洒洒水，有必要跑到楼顶上来吗？这就是中队长所说的"特殊任务"？

几分钟后对讲机里又响起了中队长的声音："开始喷水。"

我马上拧开阀门，水又像下暴雨似的从天而下。我的视线随着"雨水"落在楼下，我看见一行人打着雨伞，穿着雨鞋，走进了"暴雨"中，他们在"暴雨"中左顾右盼，指指点点。我以前看过拍电视，我估计下面的人是在拍电视。

一会儿，对讲机里传来了中队长的声音："停止。收队。"

我下楼时，那群人已经坐轿车飞驰而去。中队长夸我的任务完成得很好。我问中队长："刚才是不是在拍电视？"中队长横了我一眼说："别瞎说。"

我把消防车开回了中队。

一个月后，移民商厦竣工。省电视台播放了我县的一则新闻，我惊奇地发现，电视播放的画面，正是我那天在楼顶看到的情景：一行人撑着雨伞走进"暴雨"中，左顾右盼，指指点点。播音员配合着画面在解说："在移民商厦的兴建过程中，领导们曾冒着暴雨亲临工地视察督导……"

怕死的母亲

这是一个真实的故事，故事就发生在我鄂东乡下的老家，故事的主角是一位65岁的老母亲，村里的人都叫她廖四婆。廖四婆早年守寡，一个人含辛茹苦地把儿子拉扯成人了。

儿子是有出息的儿子，在城里有了工作有了房子；儿子又是不孝的儿子，在城里娶了媳妇安了家后，就忘了乡下的老娘，很少回来看看。

廖四婆一人住在乡下20世纪80年代初盖的土砖平房里，自己养活自己，靠捡拾破烂和种点菜卖维持生计，没要儿子一分钱。

一天下雨，廖四婆在去井边提水时不幸摔断了腿。邻居打电话叫回了她的儿子。儿子儿媳只是买了几斤苹果回来看了老娘一眼就走了，并没有将老娘送进医院。廖四婆的腿由于没有及时接骨，就那样瘸了。从此她就拖着一条断腿生活。断了腿后的廖四婆总是怨死，总祈祷阎王爷早点把她收去。

廖四婆难以自理生活，她最大的困难就是吃水。天晴时还可以一瘸一拐地到井边提一点儿，赶上下雨路滑就不行了。有段时间连续下了好多天雨，可怜的老人只好接屋檐滴下的雨水吃。

也许是吃了脏水的缘故，廖四婆病倒了。

令村里人奇怪的是，病了好多天的廖四婆又奇迹般地好了，而且精神还比以往好多了，并从此没听她再怨一句死。

有人就问她说，廖四婆你现在怎么不怨死啊？廖四婆说，我不能死啊，我要好好地活着。然后就给人们说了她做的一个梦：

那天廖四婆奄奄一息地躺在床上，迷迷糊糊中好像来到了阎王殿，阎王说：老人家，你的阳寿未尽，你是回去呢还是留下？

廖四婆想起了活着时所受的罪，就说：我不回去了。

阎王翻了翻生死簿，说：你的儿子阳寿只比你多3天，你这一死，3天后你的儿子就会来陪你了。

廖四婆一听，急得大喊：不不不……我不能留下，我要回去。

阎王说：回到阳世，你会更受罪的。

廖四婆很坚决地说：我宁愿受罪！

醒来后的廖四婆病竟奇迹般地好了。

从此，廖四婆的身体竟慢慢健康了起来。

鱼儿离不开水

日头烤在人身上生痛生痛的,地上像下了火一样到处热烘烘的,老天爷似乎忘记了这块土地上还有生灵,多日不见半点雨星。往日波光粼粼的鱼塘,只剩下浅浅的一层水了。多山伯和香桂婶站在塘埂上呆呆地望着塘面,塘岸边又有几条死鱼泛着刺眼的白光,随风飘来的阵阵腥臭味令人作呕。天再这样干下去鱼塘就会见底了,鱼儿就会全部死光,年初几万多元的投入就全部打了水漂。

承包鱼塘时,多山伯还得罪了村主任,村主任要将鱼塘包给水猫,水猫是村主任的一个远房侄子,可是多山伯不服软,坚决主张竞标,结果水猫在竞标中败下了阵来。多山伯放养了一塘草鱼。多山伯算了一笔账,等到年底鱼儿出水上市时,每条鱼至少可以长到5斤以上,除去所有的开支,最少可以赚回2万元。

可是人算不如天算,如果变成了一塘死鱼就一文不值了,只能把损失降到最低程度。多山伯和香桂婶一合计,不能再拖了,目前的鱼儿每条已有3斤多,市场价是每斤5元,现在就按半价每斤2.5元在村里内销。

当晚多山伯就找到村主任,要来了村委会广播室的钥匙,播了一则好消息:我家的鱼儿明天起水,每斤2.5元,比镇上便宜一半,欢迎各位父老乡亲前来购买。

晚上香桂婶问多山伯,你说,明天会有人来买吗?多山伯很有把握地回答,有,当然有,我前几天就听到水猫、花嫂、羊伯、二撇子等好几家说想买鱼吃,但都嫌到镇上去路太远,镇上的鱼要价高,舍不得,我家的鱼这么便宜,怎么会没人要呢?

可……我还是担心怕卖不了!

别操些瞎心，我们这么大个村子，怎么会销不了我这点儿鱼呢？

第二天捞第一网鱼。看到那活蹦乱跳的鱼，多山伯脸上有了笑容。可是一会儿他就笑不出来了，因为前来买鱼的村民寥寥无几。多山伯怕是昨晚的广播好多村民没听见，就叫香桂婶一家一家上门问一遍。

问到花嫂家，花嫂说，对不起，我家都不爱吃鱼，吃鱼过敏。

问到羊伯家，羊伯说，对不起，我家昨天刚好买了鱼，冰箱塞不下了。

问到二撇子家，二撇子说，对不起，大热的天，我闻到那鱼的腥味就作呕。

问到水猫家，水猫说，5斤以下的鱼我不吃，要吃最少5斤开外，你家的鱼有5斤吗？

其实花嫂、羊伯、二撇子、水猫等人心里的真实想法是，财是那么好发的吗？你赚钱的时候没有想到我们，现在鱼要死了，想在我们这里捞本，帮你降低损失，没门！

……

香桂婶汗流浃背，腿跑酸了，口说干了，来的村民还是少得可怜。

一网鱼卖了一小半。幸好在捞的时候鱼没有起水，只是集中在塘角的水中，现在只好撒网又放入了水中。

香桂嫂急得哭了。

多山伯吼，哭什么哭，明天早上再捞，到镇上卖去，我就不信没人要！

村子离镇上40多里路，多山伯联系了好几辆车子，都没有运活鱼的设备，多山伯知道镇上的人口味很刁，不是活鱼根本就没人瞧上一眼，直接装在车斗里运去，鱼儿恐怕在半路上就一命呜呼了。

怎么办，难道就眼睁睁地看着一塘鱼烤成干鱼片吗？多山伯想了大半夜，才想到了办法：卖给村主任。

天还没亮，多山伯就提着两瓶好酒敲开了村主任家的门。

村主任好半天不出声，使劲薅着头发，显得很为难。多山伯急了，声音都在颤抖:村主任你就行行好吧,我……我……就按2元钱一斤给你好吗?

村主任这才说话了,看在乡里乡亲的分上,我就帮你一把吧!

多山伯千恩万谢地走了。

天亮时,村里的大喇叭响了。

各位村民请注意,各位村民请注意,多山伯的鱼塘转给我了,我马上起水卖鱼,每斤4元,请马上来买!请马上来买!

花嫂、羊伯、二撇子、水猫最先来到塘边。村里家家都来人了。

一塘鱼抢光了,太阳才刚刚从山边露头。

真是老天难测,当晚下了一场久违的大雨,鱼塘满了。

第二天多山伯走过鱼塘,望着又是波光粼粼的塘面,想哭。

还是把胡子留起来

我长了一脸的络腮胡须。偏偏我很喜欢它,我感觉它让我更有男人味,所以我一直蓄着它。

妻子也很喜欢我的络腮胡须,她说,当初就是先看上我的络腮胡须,再爱上我的。

有了女儿后,女儿不喜欢我留胡子,她到妻子那里告状说:"妈妈,爸爸总爱用胡子扎我,你让爸爸把胡子剃掉吧。"妻子坚决站在我这边,没答应女儿的要求。几年来我的胡子蓬蓬勃勃,妻子也没说半个不字。

可是,自从前天妻子带我参加了一次她的同学会后,一回家,妻子就要我去理发店剃掉胡子。我不知妻子为什么突然来了这么个180度的大转弯。我说："胡子剃掉可以，但你得告诉我原因。"

妻子说："还是不说原因吧，我怕说出来打击了你的自信心。"

我说："说吧，不要紧的，要相信我的心理承受能力。"

妻子说："我的同学都说你和我不般配，说你那满脸的络腮胡子，看起来比我最少大10岁。她们问我，怎么找了这么一个姥爷级的男人！"

我笑了，说："瞧你那些同学，都是什么眼光，我这叫'老'吗？知道不，我这叫'成熟'。"

妻子说："我不管你是老还是成熟，明天必须得给我剃光。"

昨天上午，我遵妻嘱，到理发店剃了个寸须不留。摸着光洁的两颊和下巴，看着镜中那张清清爽爽的脸，我突然发觉，没了络腮胡须的我其实是很帅的。我自己数落自己："胡子啊胡子，你埋没了我这么多年。"

下午，我开车到妻子的厂里接她下班，厂门口那么多人，我一眼就看见了妻子，妻子也同时看到了我。我明显地发现妻子看到我时眼睛一亮。妻子说："呀呀呀，我老公没胡须还真年轻英俊多了呢！"

妻子高兴，我也高兴。

可是，你说怪不怪，今天下午下班，妻子一回到家中就满脸不悦地说："你还是把胡须蓄起来吧。"

"为什么？"我莫名其妙，"你昨天不是说我没胡须还年轻英俊些吗？"

妻子突然大声吼起来："你哪来那么多废话？我说蓄起来就必须蓄起来！"

"好好好，蓄起来，蓄起来，再不剃。"我怕妻子发更大的火，赶紧作出了承诺。

妻子接着又说："还有，从明天起，再不准你到我们厂门口去接我，我自己坐公交回家。"

我的倔脾气，被妻子那不容置疑的语气激发了出来。我说："让我听你的可以，但你得告诉我原因，不然，我既要每天刮胡须，又要去接你。"

妻子愣了半天，才气鼓鼓地说出了原因。

原来，他们厂里的人说，我俩不般配，妻子看起来要比我最少大10岁。

我哭笑不得。

戒　赌

刘家湾有十几个"麻将达人"，老楚就是其中一个，老楚他们打发农闲时光的最主要方式就是打麻将。

当麻将机还没有进入农村市场时，老楚他们打麻将主要靠手码。每天吃了早饭后，似乎像约好了一样，十几个"麻将达人"们都自觉地聚集在刘麻子家门前的那棵老榕树下，然后自由组合到刘麻子等其他几户人家摆开了战场，很快湾子的上空就会飘荡着"哗哗"的搓麻将的声音。

刘麻子脑子活络，看准了麻将机一定会在湾子里有市场，他家第一个买回了两台麻将机。果然，老楚等"麻将达人"们在尝试了几次麻将机自动码牌的快捷方便后，就都不想再使用手码的麻将了，刘麻子家的两台麻将机每天就没再空闲过。那些头天没有占到位子的人，第二天来得早早的抢占位子。但容量毕竟有限，刘麻子家只能满足8人，其他人还得另外找战场去用手码。刘麻子很善管理和经营，每天用免费的茶水招待，每台麻将机提取使用费80元，这80元并不要4人平摊，谁和了"大和"就提取10元，提足80元为止。

看到刘麻子家每天进账160元，湾里就有人眼热了。很快王老三家也买回了两台麻将机。王老三家这两台麻将机也从没空置过，天天有人上门占位。王老三也是每台麻将机提取80元。

这4台麻将机掀起了刘家湾赌博的热潮，但还是有几个人每天占不到位子，只好仍然用手码。于是，又有几家心动了，看到每台麻将机能日赚80元，也买回了麻将机。这样一来"麻将达人"和"麻将机"之间很快处于了供求失衡的状态：麻将机多了，"麻将达人"少了。因此每天总有几家的麻将机处于闲置状态，没人上门。

刘麻子家和王老三家的麻将机从买回以来就一直没有空过，麻将机的成本早已收回，还赚了不少，但现在也会隔两天就空着，他们着急了，巴不得天天有钱赚。那后买回麻将机的几家急着想尽快捞回成本，也在想办法。

这样老楚等"麻将达人"们就成了香饽饽，每天吃过早饭后就有人上门"请"了。有天老楚去了王老三家，晚上，刘麻子上门了，刘麻子说："老楚兄弟，我没哪儿得罪你吧？"，老楚说："没有啊。""那你得每天关照关照老哥我啊，从明天起，你就到我家来吧。"

第二天老楚就到了刘麻子家。可是晚上王老三也上门来了，说着与刘麻子大意相同的话。还有几家拥有麻将机的人家也上过老楚的门。老楚不知所措了，都是乡里乡亲的，去谁家不去谁家呢？老楚遇到了难题，每天晚上老楚会想："我明天该去谁家呢？"。其他那些"麻将达人"们也遇到了与老楚一样的烦恼。

那天，老楚第一次吃过早饭后没去刘麻子家门前的那棵老榕树下，老楚放出话来说病了。奇怪的是那几天好几个"麻将达人"都病了，没说病的就说是老婆管严了不让再赌。

渐渐地刘家湾上空再也听不到麻将声。老楚等"麻将达人"们宣布戒赌了。

母亲的金项链

母亲和李姨是同一年同一天嫁到我们村的。我家和李姨家是邻居，听母亲说，那天可热闹了，两抬花轿是同一时间进村的，接着在鞭炮欢快喜庆的炸响声和唢呐悠扬婉转的曲调声中，两抬花轿同时停在了各自的大门前，母亲和李姨同时走出了花轿，她们似乎有某种默契，都没有蒙红盖头，她们想的是都新社会了不时兴那套。母亲和李姨互相对望了一眼，然后都羞涩地低头笑了。后来母亲和李姨就有了很多共同的语言，她俩成了最好的朋友。

母亲和李姨有空就在一起说话，她们聊得最起劲的话题是项链。

母亲和李姨都说，做一场女人，如果没戴过金项链，将是一生中最大的遗憾。父亲和李姨的男人周叔都觉得女人的这个想法并不过分，可惜没有办法满足她们的愿望，因为那年月想要一条金项链无异于是白日做梦。但母亲和李姨一直在做着这个梦。有一年春节时，母亲和李姨终于戴上了一条项链，当然不是金的，是白色的珠子串成的。那是她们邀在一起上街时，在地摊上买的。她们戴好后，先是各自在镜子前转着圈反复地看，然后互相对看。那段时间，母亲和李姨的心情特好。可是有一天，母亲的项链断了，那些珠子滚到草丛中，只找回了几粒，母亲�怄得哭了，父亲说，一个假项链有什么好哭的？母亲说，可它也花了我两元钱啊。看到母亲的项链丢了，李姨也没再戴了。

母亲生下了我，李姨生下了小娟后，母亲和李姨说项链的次数少多了，但隔不了一段时间，还是爱提起。有一次母亲和李姨为生产队买蔬菜种子去了一趟城里，当看到城里女人那脖子上金光闪闪的项链时，她俩的眼睛都直了。回来后，母亲和李姨就有了一个共同的愿望：今生一定要戴上一条金项链。

后来农村分田到户了，母亲和李姨勤扒苦做，农忙在家种田，农闲到镇上的玉石厂打短工，每天家里镇上两头赶，但毫无怨言。几年后母亲和李姨积累了一些钱，准备去买项链，可是，这时村里已经有很多人家开始拆除土砖坯房，新盖红砖瓦房，父亲和周叔也都想盖新房，母亲和李姨当然知道孰轻孰重，她们把钱都拿了出来。在母亲把钱交到父亲手上时，父亲说，孩儿他娘，等过几年日子好过了，我一定给你买一条金项链。母亲孩子似的笑了。

可是，父亲的这个诺言一直没办法兑现，倒不是父亲忘记了当初所说的话，而是随着我的长大，读书，上大学，要用钱的地方太多。李姨家的情况比我家好不了多少，小娟读到高一时生了一场病，治病花了很多钱，病好后没再读书，到武汉打工去了，去年出了嫁。

母亲和李姨在一起时，说的都是柴米油盐的事，偶尔才会提起她们心中的那个"梦"。

今年，我大学毕业参加了工作，我领到第一份工资后，第一个行动就是给母亲买了一条黄金项链。那天晚上回家，当我拿出项链给母亲戴在脖子上时，母亲哭了。母亲戴着项链在镜子前一动不动地站了快半个小时。那天晚上母亲睡觉时就那样戴着它。第二天，我叫母亲戴上去李姨家，给李姨看看漂不漂亮。我满以为母亲会极开心极兴奋地送给李姨看看，可是母亲叹了一口后却摘下了项链，并叮嘱我和父亲，不要在外说她有了项链的事。我疑惑不解，问母亲为什么，母亲说，我和你李姨多年前就想要一条项链，现在我有了，李姨没有，这样会伤害她的心，做人不能只顾自己快乐，而不考虑别人的感受啊。

我没想到没读什么书的母亲竟然有这样的境界，我自叹弗如，赞成母亲的想法。

就这样母亲把项链压在了箱底，一压就是半年。

天有不测风云。我没想到，我那身体一向很好的母亲突然病倒了，到医院一检查，肝癌晚期。在母亲的病床前，我泪流满面。我说，娘，我把那项链拿出来，你每天戴着吧，母亲摇摇头。李姨天天来看母亲，她们谁都没有说项链的话题。10天后，母亲在痛苦的呻吟声中，离开了这个世界。

母亲入殓的那天，李姨来了，李姨手里拿着一条金项链说，老姐妹啊，把这项链戴去吧。李姨要动手戴在母亲的脖子上，我拦住了。我从箱底拿出了母亲的那条项链，小心翼翼地戴在了母亲的脖子上。

我们把母亲送上了山。

回来后，李姨到我家看着母亲的遗像失声痛哭。等李姨平静了一些后，我和李姨说起了项链，我问李姨是哪来的项链，李姨说，小娟去年就给我买了，可是我没戴，我怕我戴上后，伤了老姐妹的心。我哭着拥抱了李姨，就像拥抱我母亲。

镜框里母亲看着我在笑。

分　鱼

学校后勤处采购回了一批大青鱼，作为年终福利之一分给教职工。

后勤处皮主任叫我帮忙把这批鱼分发下去。皮主任说："你先选出19条个儿大的鱼，单独放在食堂的东墙角，然后把剩下的鱼排列开来，我通知教职工自己来拿，每人一条。"

　　通知通过学校广播传达了下去。很快教职工们按先来后到的顺序，挑走了自己的鱼。

　　我问皮主任："那19条鱼怎么分？"

　　皮主任说："这是留给学校领导的。我已把各位领导的名字写在了这张纸条上了，你只需将纸条别在鱼尾上，领导们会自己去拿的。对了，你注意一下，把那几条最大的鱼留给校长和几个副校长。"

　　我拿过皮主任手中的纸条一看，上面都没有写名字，只是在职务前面加上了领导的姓氏。我用一个回形针把纸条别在了鱼尾上。可是，却有三张纸条令我很为难。因为上面写的是同样的字：柳校长。

　　我们的校长姓柳，两位副校长也姓柳。我也明白皮主任在写纸条时，不便写上"柳副校长"，所以都是写的"柳校长"。

　　皮主任看我半天不知道把那三张纸条别在哪条鱼上，就说："你就别在那三条最大的鱼上就行了。"

　　我还是不理解，我说："三张纸条上一样的字，那叫他们来后拿哪一条啊？"

　　皮主任满有把握地说："放心，错不了的。"

　　其他领导的鱼都拿走了，最后只剩下三个"柳校长"的鱼没拿走，因为他们到县教育局开会去了，下午才回。

　　下午，三个"柳校长"陆续拿走了属于自己的鱼。先来的是副校长，他挑的是三条鱼中最小的一条。第二个来的是常务副校长，他挑的是两条中小的一条。剩下的最后一条鱼，是这批鱼中最大的，毫无悬念地就归校长了。

　　我惊叹不已。

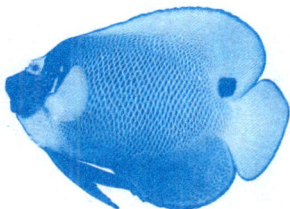

先 见 之 明

前几年晚稻一收割，胡三就紧锣密鼓地筹备冬播的事宜。可是今年不知是那根神经出了问题，在村民们都忙着翻地播种油菜时，胡三却按兵不动。

有人开他的玩笑说："胡三啊，你小子不是等着镇长来帮你耕地下种啊？"

胡三嘿嘿一笑说："也不是没有这种可能。你忘记了吗，5年前不就是镇长派人来帮我们翻地播下油菜的吗？"

5年前的确有这么回事。胡三他们村子的田都在国道两边，那年镇长亲自来到村里，传达了县政府文件，国道两边必须全部种上油菜，县里要搞一个"万亩油菜示范基地"，主管农业的副县长亲自抓。结果很多种果树、小麦、蔬菜之类的农户都被勒令改种油菜。镇长还调来了其他村里的人来帮助他们。

有人马上讥笑他："胡三啊，你还想有这样的好事吗？你就等着做你的春秋大梦去吧！"

胡三也不管人们怎样说三道四，在人们热火朝天地干活时，他却猫在家中看电视。

待村里人油菜都播种下去了后，胡三这才背着双手，在那万亩油菜田里像领导视察似的踱着方步。看到自己那几亩还是稻桩的田，极不协调地混在其中，胡三摸着下巴"哼哼"的笑了。

有好心人关切地问胡三："你今年真想荒废一季庄稼啊？"

胡三说："不用急，有人来种的！"

谁知胡三说的话竟然成真了。三天后村主任用村部广播室高音喇叭通知各家：马上将油菜铲除，全部改种小麦，这是镇长的命令，镇长明天就派人来帮助我们。镇长说，这也是县里的命令，公路两边要搞一个"万亩小麦示范基地"。县里下个月来检查。

村民都怨声载道，唯有胡三在扬扬得意地笑。

有人就问胡三："你怎么这么有先见之明啊？"

胡三说："这就得有敏锐性。今年不是换届选举了，主管农业的副县长调到邻县当县长去了，新的副县长上任，能没有一点儿变化吗？"

村民们频频点头。